書下ろし

秋《しゅう》雷《らい》

風烈廻り与力・青柳剣一郎㉑

小杉健治

祥伝社文庫

目次

仁王門前町
おくみの家
谷中
湯島天神
不忍池
池之端
下谷広小路
小石川
本郷
神田明神
神田川
浅草
蔵前
吾妻橋
柳橋
竪川
猿江村
両国橋
隅田川
小名木川
江戸城
南町奉行所
八丁堀
永代橋
深川
新両替町
酒問屋「灘屋」
増上寺
北
西
東
南

浜町堀界隈
柳原通り
昌平橋
筋違橋
須田町
神田多町
岩本町
一膳飯屋「お多福」
下柳原同朋町
両国広小路
牢屋敷
小伝馬町
薬研堀
元柳橋
道浄橋
千鳥橋
伊勢町堀
浜町堀
日本橋
江戸橋

「秋雷」の舞台

第一章　逢瀬《おうせ》

一

そぼ降る秋雨《あきさめ》の中、青柳剣一郎《あおやぎけんいちろう》は谷中《やなか》の善正寺《ぜんしょうじ》山門への石段を上がった。雨の中を訪れるひととてない境内《けいだい》はひっそりとしていた。

手水舎《ちょうずや》の屋根から滴《したた》り落ちる雨水が水たまりに音を立てている。庭の露草はじっと身をすくめ、けなげに耐えているようだ。

剣一郎は本堂の横をまわり、ぬかるみを避けながら墓地へ向かった。鬱蒼《うっそう》とした樹林を抜けると、少し明るくなった。

雨が墓石を打ち、卒塔婆《そとうば》を濡《ぬ》らしている。雨に打たれてしおれた供花が、もの悲しい気持ちにさせた。

唐傘《からかさ》を持った手に線香を、もう一方の手に花を入れた桶《おけ》を提げている。途中、ぬかるんだ場所を用心深く歩き、ようやく青柳家の墓にやって来た。

先祖代々の墓であり、父も母も、そして、僅《わず》か十九歳で生を閉じた兄も入っている。

きょうは、誰かの命日というわけでもなく、秋彼岸《ひがん》もとうに過ぎた。

たまたま非番だったこともあり、朝のうちに八丁堀《はっちょうぼり》の組屋敷を出たのだ。この雨の中をわざわざお出《い》でになるのですかと妻多恵《たえ》は訝《いぶか》ったが、ふと思い立っての墓参は昨晩の夢見のせいだった。

霧《きり》が立ち込めていた。屋敷を出たばかりのはずなのに、剣一郎は周囲に人家のない一本道を歩いていた。場所はどこだかわからない。

前方から、笠をかぶった旅の僧がやって来た。その雲水《うんすい》がすれ違いざまに振り向き、声をかけた。

「お訊《たず》ね申す。八丁堀へはこの道でよろしいのでござろうか」

「いいはずですが」

剣一郎は当惑しながら答えた。八丁堀から出て来たばかりだった。なのに、周囲の見知らぬ風景は霧のいたずらとは思えない。

剣一郎のあやふやな答えに拘《かか》わらず、雲水は礼を言い、立ち去ろうとした。が、ま

た足を止め、

「もしや、そなた……」

と、顔を上げて剣一郎を見た。

笠の下から壮年のたくましい顔が現れた。諸国を放浪し、長い旅の末に顔は浅黒く、頰《ほお》もこけている。だが、眉《まゆ》が濃く、凜々《りり》しい顔だちだ。ふと、心を慰撫《いぶ》されるようなやさしい眼差《まなざ》しに懐かしさを覚えた。自分はこの御坊を知っている。剣一郎はそう思った。

剣一郎より幾つか年長と思える雲水は目を細め、

「立派になったのう。何年になるか。もう、二十年以上は経《た》ったな」

と、懐かしむように言った。

「失礼ですが、あなたは……」

剣一郎は問いかけた。

しかし、雲水は答えず、

「そなたの元気な姿を見て、安堵した。さらば」

と言い、いきなり踵《きびす》を返した。

雲水は来た道を戻って行く。はっと気がついたとき、霧が雲水の姿を消した。剣一郎は覚えず叫んだ。

「兄上」

十九歳で死んだ兄の現在の姿だと、剣一郎は思った。

剣一郎は雲水のあとを追いかけた。だが、霧が晴れたあとの一本道に雲水の姿はどこにもなかった。


夢に出て来た雲水は兄に違いなかった。あの当時のままの兄ではなく、歳を重ねた姿で、剣一郎の前に現れたのだ。

なぜ、あのような夢を見たのか。兄の祥月《しょうつき》命日に春秋の彼岸、盂蘭盆《うらぼん》にと墓参りは欠かしたことはないが、今年の祥月命日は忙しくて行けなかった。そのことが心に残っていたのであろうか。

墓前に線香と花を手向《たむ》け、剣一郎は唐傘を差したまま合掌した。

傘に当たる雨粒の音がつと激しくなった。

「兄上」

剣一郎は心の内で呼びかけた。

「私に何か伝えたいことがおありですか」

もし、兄が健在であれば、今の剣一郎はなかった。

有能な兄の陰で、次男坊の剣一郎は肩身の狭い思いで生きてきた。兄に比較され、剣一郎は半端者扱いだった。いい養子先も見つかる可能性とてなかった。

養子に行かなければ、穀潰《ごくつぶ》しと罵《ののし》られても、実家でじっと我慢をして生きていくしかない。剣一郎は自分の将来に悲観的になっていた。

そんなときに、あの事件が起きたのだ。剣一郎は十六歳だった。兄と外出した帰り、ある商家から引き上げる強盗一味と出くわしたのだ。

そのときのことを思うたびに、剣一郎はいまだに胸が張り裂けるような痛みに襲われる。おそらく、死ぬまで消えぬ悔恨である。

与力見習いの兄は敢然《かんぜん》と強盗一味に立ち向かって行った。だが、剣一郎は真剣を目《ま》の当《あ》たりにして足がすくんでしまった。

三人まで強盗を倒した兄は四人目の男に足を斬られ、うずくまった。兄の危機に、剣一郎は助けに行くことが出来なかった。

兄が斬られてはじめて剣一郎は逆上し、強盗に斬りかかったのだ。

あのとき、剣一郎がすぐに助けに入っていれば、兄が死ぬようなことはなかったのだ。その後悔が剣一郎を生涯苦しめることになった。

兄が死んだために、剣一郎は青柳家の跡を継ぐことが出来た。そして、多恵と結ばれ、剣之助《けんのすけ》、るいとふたりの子にも恵まれた。

だが、今の剣一郎の境遇は本来は兄のものなのだ。当時、兄にはりくという許嫁《いいなずけ》がいた。順当ならば、ふたりは祝言を挙げ、兄は父の与力職を継いでいたことであろう。そうなっていたら、いまの南町奉行所に剣一郎の存在などなかった。

「兄上」

もう一度、剣一郎は呼びかけた。

「何か、この私にして欲しいことでもあるのでしょうか。兄上、教えてください」

呼びかけたが、もとより答えが返ってくるわけではなかった。ただ、雨音が剣一郎の耳朶《じだ》を打つだけだった。

長い時間、墓前に佇《たたず》んでいた。横殴りの雨に変わっていた。寒くなって来て、ようやく我に返った。

着物の裾《すそ》も泥を撥《は》ね、袖《そで》も雨に濡れて、冷たいものが肌に染み込んできた。名残惜《なごり》しそうに、途中で振り返り、剣一郎は墓前から去った。

住職に挨拶《あいさつ》することなく、剣一郎は雨音以外は静寂な境内を抜けて山門に向かった。

山門を出て、雨に煙《けぶ》った寺町を行く。

坂道を下り、武家地を抜けると不忍池《しのばずのいけ》のほとりに出た。一羽の鴨《かも》が雨に打たれながら泳いで行った。

池に突き出ている弁財天《べんざいてん》の社《やしろ》が雨の中に微かに見える。この雨の中、お参りするひともないと思われたが、参道を引き上げて来る紅色の唐傘が見えた。

剣一郎が鳥居に差しかかったとき、唐傘の人物とちょうど出くわした。女で、二十七、八歳という年頃に思えた。

剣一郎はそのまま行きすぎようとしたとき、時ならぬ稲光が走り、雷鳴が轟《とどろ》いた。次の瞬間、予期しない突風が吹きつけ、女の傘を飛ばした。

あっという声に、剣一郎はすぐさま女に自分の傘を渡し、濡れ鼠《ねずみ》になりながら飛ばされた傘を追い、木の枝に引っかかった傘をとった。端が少し破れたが、差すには支障はない。

その傘を差し、剣一郎は女の前に向かった。

傘を飛ばしたあと、すぐに剣一郎の傘に守られたため、女は雨にわずかに濡れただけだが、ほつれ毛が濡れた額《ひたい》にくっついていた。

「ありがとうございます」

女は澄んだ声で言った。

傘を取り替えるためにお互いが手を出し合ったとき、白い指に触れた。女が驚いたように目を伏せた。

が、すぐに顔を上げ、

「あの、お召し物が濡れております。私の住いは近くでございます。よろしかったら、しばし休まれていかれませぬか」

女の言い方にはなんの邪心も見いだせなかった。ただ純粋に、傘を追いかけた際に雨に当たった剣一郎の体をいたわってくれているのだ。

それが、剣一郎にしては珍しく素直に好意を受け入れる気持ちになったのだ。着物に染み込んだ雨が肌を冷たくしていた。

「迷惑でなければ」

剣一郎はつい答えていた。

「どうぞ」

女は歩きはじめた。剣一郎はためらうことなくついて行った。

この女が左頰の青痣《あおあざ》を見て、青痣与力だと気づいたかどうか。もし、そうなら、何らかの魂胆《こんたん》があることも想像されたが、女の態度からはわからなかった。

数々の難事件を解決してきた剣一郎の評判は世間に広まっている。世間の者は左頬にある青痣から青痣与力と呼んだ。したがって、女が剣一郎のことを青痣与力と気づいたことは十分に考えられる。

そこから一町（約一〇九メートル）あまり離れた仁王門前町《におうもんぜんちょう》の片隅にある一軒家に、女は剣一郎を誘《いざな》った。

格子戸を開け、女は奥に向かって呼びかけた。小柄な娘が出て来た。

「お帰りなさいまし」

「手拭いを頂戴《ちょうだい》」

女は言い、自分は濯《すす》ぎの水を持って来た。

剣一郎は上がり框《がまち》に腰を下ろし、高下駄を脱ぎ、濡れた足袋《たび》をとって、女がやってくれるというのを断り、自分で足を濯いだ。

手拭《てぬぐ》いで濡れた着物を拭《ふ》き、居間に入ると、長火鉢の上の鉄瓶《てつびん》が湯気を立てていた。

女がいれてくれた茶を飲むと、冷えていた体に温もりが蘇《よみがえ》って来た。

「人心地がついた」

剣一郎は湯呑みを戻して言った。

「ようございました」

女は微笑《ほほえ》んだ。

「改めまして、先ほどはありがとうございました。私はくみと申します」

「おくみどのか。私は……」

「いえ、おっしゃいませぬように」

「………」

訝しく、剣一郎はおくみの顔を見た。

「雨の日にお会いしたので、私は勝手に雨太郎《あめたろう》さまとお呼びいたします」

女はいたずらっぽい目つきをした。

青痣与力だと知ってのことかどうか、まだ判断はつかない。

「雨太郎か」

剣一郎も微笑を返した。

「おくみどの、いや、おくみさんは、こんな雨の中を弁天様まで行ったのか」

剣一郎は不思議に思ってきいた。

「はい……。雨太郎さまは？」

おくみは自分のことの話題を避けたいようだったので、剣一郎もあえてそれ以上はきくことはせず、自分のことを語った。

「兄の墓参りだ」

「墓参り？」

おくみはけげんそうな顔をした。

「こんな雨の中を、と思われるであろう。ゆうべ、二十年以上も前に亡くなった兄の夢を見たのだ。何か言いたいことがあったのではないかと思い、墓参りをしたくなった」

剣一郎は正直に話した。

「そうでしたの。それはごくろうさまでした。で、何か仰《おつしや》っておいででしたか。お墓の中のお兄さまは？」

おくみは真剣な眼差しできいた。最初、見たときは二十七、八歳かと思ったが、ひとを暖かく包み込むような物腰から三十歳にはなっているように思えた。

「いや、問うても答えてくれなかった。じつは、夢に出て来た兄は歳を重ねていたのだ。十九歳で亡くなったのに四十を越えた顔で……」

どうして、それが兄だとわかったのかは不思議だが、剣一郎は迷うことなく兄だと思った。

「そうでしたか。何を仰りたかったのでしょうか」

おくみは小首を傾げた。が、ふと、目を輝かせ、

「まさか」

と呟《つぶや》くように言ったが、あわてて、

「ごめんなさい」

と、照れたように笑った。

「どうしたのか？」

おくみが何を考えたのかわからず、剣一郎は当惑した。

「いえ、ちょっとつまらないことを考えたのです」

「なんだね？　つまらぬことって？」

「いえ、忘れてください」

おくみは小娘のように身をよじった。その恥じらいようを、剣一郎は微笑ましく思った。

「お茶、もう一杯いかがですか」

おくみは背筋をしゃんと伸ばしてきいた。

「いただこう」

「はい」

うれしそうに、おくみは長火鉢に向かった。

さっきの娘はどこにいるのか、静かだった。遠慮して、身をひそめているのかもしれない。

新しい茶を喫しながら、なんと穏やかなんだと、剣一郎はしみじみと安らかな気持ちに浸っていた。

不思議だった。このように心安らかなひとときを過ごしたのはいつ以来であろうか。風烈廻り与力として、烈風の荒れ狂う日には町廻りをする一方、難事件が起きれば、定町廻り同心の後ろ盾になって事件の探索をしてきた。

事件は次から次へと起き、気の休まるときはなかった。探索の最中は八丁堀の屋敷にいても常に気を張りつめていた。

いま、剣一郎は奉行所の与力ではなく、ただのひとりの人間として静かに流れる時の中に身を委《ゆだ》ねている。

今度は、あっと剣一郎が叫んだ。

「どうかなさいましたか」

おくみが不審そうな顔をした。

「いや、なんでもない」

剣一郎はあわてかぶりを振った。

部屋の中にはあまり物はない。女がこの家にまだそんなに長く住んでいないことを物語っているようだ。

とりとめがない話に興じているうちに、軒《のき》を打つ雨音が気にならなくなった。すると、おくみは障子《しょうじ》を開けた。

縁側の向こうに坪庭があった。金木犀《きんもくせい》の黄金色の花に降り注ぐ雨脚は弱まっていた。

「すっかり長居をしてしまった」

剣一郎は腰を浮かせた。

「お帰りでございますか」

おくみは寂しそうな目をした。

「内儀《おかみ》さん」

障子の陰から娘が声をかけた。

「ごくろうさん」

おくみが娘から受け取ったのは剣一郎の足袋だった。娘は足袋を手焙《てあぶ》りの火で乾かしてくれたのだ。

「かたじけない」

すっかり、足袋は乾いていた。穿《は》くと、爪先から足首まで暖かさに包まれた。

「よい心地だ」

剣一郎は娘に礼を言った。

高下駄も泥が拭《ぬぐ》われ、鼻緒も乾いていた。

おくみが先に立って格子戸を開け、剣一郎の唐傘を差して待った。

「世話になった」

剣一郎は傘を受け取った。

「雨太郎さま」

おくみが憂《うれ》いがちな瞳に熱い思いを込めたようにして言った。

「よろしかったら、またいらしてくださるとうれしいのですが」

「また、寄せてもらう」

剣一郎が言うと、おくみはうれしそうに微笑んだ。

「では」

一歩外に踏み出して、ふと剣一郎は立ち止まって振り返った。

「さっき言わなかったが、兄が私に語りたかったことがわかった」

剣一郎はおくみに言った。

おくみは瞳を輝かせて、教えてくださいと目顔で言った。

「そなたといて、心底、心の休まる思いだった。このような穏やかな心持ちの時間を過ごせるように兄は……」

さすがに、剣一郎は次の言葉をためらった。だが、おくみのやさしい眼差しに見つめられて、

「そなたに引き合わせるために、兄は私を呼んだのかもしれない」

と、思い切って言った。

まあ、とおくみは目を瞠《みは》り、

「うれしい。うれしゅうございます」

と、まるで小娘のように喜んだ。

年甲斐《としがい》もなく軽薄な言葉を口にしたことを恥じ入るように、剣一郎は逃げるようにその場を立ち去った。

辻《つじ》で振り返ると、おくみがまだ立って見送っていた。

二

重陽《ちょうよう》の節句を明日に控えた九月八日の朝、南町奉行所定町廻り同心の植村京之進《うえむらきょうのしん》が薬研堀《やげんぼり》に駆けつけると、京之進が手札を与えている岡っ引きの与吉《よきち》がでっぷりと肥《ふと》った女と話していた。

「あっ、旦那。ちょっと待っててくれ」

与吉は女に言い、

「どうぞ」

と、京之進を元柳橋《もとやなぎばし》の袂《たもと》に誘った。

薬研堀は大川《おおかわ》からの入り堀で、橋が掛かっている。橋の袂に柳が植えられていたので柳橋と呼んでいたが、神田川《かんだがわ》に掛かる橋を柳橋と呼ぶようになり、こっちの橋は元柳橋と名が変わった。

与吉の手先が亡骸《なきがら》を守っていた。与吉が目顔で指図すると、手先は莚《むしろ》をめくった。

現れたのは、四角い顔の三十半ばぐらいの男だ。白目を剝《む》いたままだ。でかい鼻の脇に大きな黒子《ほくろ》がある。商家の主人のような羽織を着ている。

「盆《ぼん》の窪《くぼ》に小さな傷があります。それと、喉《のど》」

与吉が説明した。

「うむ、背後からか。太い釘か畳針のようなもので、正確に盆の窪を突き刺している。血の固まり、体の硬まり具合からして、殺されたのはゆうべの五つ（午後八時）から四つ（午後十時）にかけてだな」

しゃがんで、京之進は子細に死体を検《あらた》めた。

「おや、何か握っているな」

「あっ、気づきませんでした」

与吉が死者の右手の指を広げ、握っていたものを取り出した。黒い布切れだ。襲われたとき、下手人の着物を摑《つか》んで夢中で引き裂いたようだ。

なんの変哲もない布だから、これから何かがわかるということはないだろう。だが、襲われながらも下手人の体に手をかけて抵抗したことを示している。

指は太い。腕もたくましい。肩の筋肉も盛り上がっている。

「この男。そうとう鍛《きた》えた体をしているな」

「へえ」

「財布は？」

「無事でした。他に盗まれたものがあるかどうかわかりませんが」

「もの盗りではないってことか」

「へえ、そうだと思います」

立ち上がってから、

「ホトケの身許は？」

と、京之進はきいた。

「神田多町《たちょう》一丁目の骨董商《こっとうしょう》『錦古堂《きんこどう》』の主人で藤右衛門《とうえもん》だそうです」

「骨董商だと？」

京之進はなんとなく違和感を持った。鍛えた体は商人らしくない。不敵な面構《つらがま》えも、骨董商とは思えない。

「旦那、何か」

与吉がきいた。

「このたくましい体や面構えが商人らしくないと思ってな」

「詳しいことは、『はるよし』の女将《おかみ》が知っています。この男は『はるよし』の帰りに殺《や》られているのです」

与吉はそう言い、肥った女に目をやった。

『はるよし』は薬研堀では中程度の料理屋だ。

京之進は女将のそばに向かった。自分の店の客が殺されたとあって、女将の表情は曇っていた。

「女将。旦那にもう一度話してもらおうか」

与吉が声をかける。

「はい」

二重顎《あご》の顔を向け、女将は京之進に向かって口を開いた。

「『錦古堂』の藤右衛門さんは、ゆうべ私どもの店にひとりで上がり、芸者を呼んで五つ半（午後九時）過ぎにお帰りになりました。まさか、そのあとで、このようなことになっていようとは……」

女将は丸い目を伏せた。

「藤右衛門はよく来るのか」

「はい、ときたまいらっしゃいました」

「連れは？」

「たまに、二、三人お連れになることがございましたが、たいがいはおひとりでございます。いつも、小次郎《こじろう》という芸者をお呼びになります」

「小次郎の住いは橘町《たちばなちょう》か」

橘町はこの近くで、芸者が多く住んでいるところだ。

「いえ、下柳原同朋町《しもやなぎわらどうぼうちょう》でございます」

「よし、ごくろうであった。また何かあったら訊ねるかもしれぬ」

「はい」

女将が去ってから、京之進は与吉にきいた。

「藤右衛門のところには知らせを走らせたのか」

「へえ、手先を向かわせました。おっつけ戻って来るでしょう」

だが、それから四半刻（三十分）経っても、与吉の手先は戻ってこない。

「なにしていやがるんだ」

与吉が焦《じ》れたように言う。

ようやく、手先が首を振りながらひとりで戻って来た。

「藤右衛門の家族はどうした？」

与吉が叱るようにきいた。

「それが、多町一丁目に、『錦古堂』って骨董屋なんてないんですよ。二丁目も探したんですが、やっぱりねえ。違う名前の骨董屋があったんで、きいてみたんですが、同業者に『錦古堂』ってのはないって言うんです」

「ないだと？」

与吉が素《す》っ頓狂《とんきよう》な声を出した。

「少なくとも、神田界隈《かいわい》には『錦古堂』っていう骨董屋はないそうですぜ。もちろん、藤右衛門って名も心当たりはないそうです」

そのやりとりを聞いて、京之進が声をかけた。

「神田界隈にないというのは間違いないのか」

「へい。自身番に寄って確かめ、それから須田町《すだちよう》にある骨董商のところに行ってたしかめました」

手先は答えた。

「女将の聞き違いか、それとも、藤右衛門と名乗った男が嘘《うそ》をついていたか」

聞き違いかどうかは、小次郎という芸者にきけばわかる。だが、もし、嘘をついていたとしたら、身許を知るのが厄介《やつかい》なことになるかもしれない。

「旦那。小次郎に確かめて来ましょうか」

与吉が言う。

「よし。俺も行こう」

小次郎も、女将と同じ答えしか持ち合わせていないような気がした。それなら、それで新たに訊ねることもある。

ホトケは南町奉行所まで運ぶことにした。身許がわかるまでしばらく埋葬は出来なかった。

それから、半刻（一時間）後、京之進と与吉は下柳原同朋町にやって来た。

与吉が近所で小次郎の家をきき出し、そこに向かった。格子造りのこぢんまりとした住いで、いかにも芸者屋という風情《ふぜい》があった。

「ごめんよ」

与吉が格子戸を開けて奥に呼びかけた。

土間に入る。土間に続く部屋の横が居間になっている。そこから、色っぽい女が出て来た。

「あら、親分さん。何か」

「ちょっと訊ねたいことがあってな」

与吉は口を開き、

「ゆうべ、『はるよし』では、誰の座敷に出ていたんだえ？」

と、すぐに訊ねた。

「何かあったんですか」

小次郎が細い眉を寄せた。

「ちょっとな。で、誰なんだ？」

「はい、『錦古堂』の藤右衛門さんです」

「『錦古堂』ってえのは場所はどこだえ」

「神田多町だそうです」

「行ったことはあるのか」

「いえ、ありません。親分さん、いったい、何が？」

「藤右衛門が元柳橋の袂で死んでいるのが見つかったんだ」

「まあ」

小次郎は目を丸くし絶句した。

「藤右衛門が『はるよし』を出たのは五つ半過ぎだそうだな」

「はい」

息を呑む込むようにして、小次郎は頷《うなず》いた。

『はるよし』を出て橋の袂までやって来たところで襲われたのだ。死体は暗がりに倒れたので、今朝、通りがかりの者が見つけるまでわからなかったんだ。ゆうべは、あいにく曇り空で、月明かりもなかったからな」

「あの旦那が死んだなんて……」

小次郎はしんみりとなった。

「藤右衛門はどんな客だったえ」

「祝儀も弾んでくれて、とても気前のよいお客さんでした。遊び方もきれいで」

小次郎は怯《おび》えたように肩をすくめた。

「藤右衛門は自分のことを何か話していたかえ。家族のこととか、生まれはどことか、商売のこととか、なんでもいい。思い出してくれないか」

与吉はさらに問いかけた。

小次郎は不思議そうな顔を向けた。

「どうしてですか。家族のことなら、お店に行けばよろしいじゃありませんか」

「多町の『錦古堂』か」

「はい」

「困ったことに、ないんだ」

「はっ？」

小次郎は意味が摑めなかったらしい。

「神田多町に『錦古堂』っていう骨董屋はないんだ」

「ない？　どういうことでございますか」

「それがわからないから、こうしてきいているのだ」

はじめて、京之進が口をはさんだ。

「藤右衛門と名乗った男がはじめて座敷に上がったのはいつごろのことだ？」

「両国《りょうごく》の川開きの前だったと思います。はじめてのとき、そんな話をしましたから」

小次郎は京之進に顔を向けた。

「すると、三、四ヵ月前か」

川開きは毎年五月二十八日である。

「それから、たびたび、やって来たのだな」

「はい。お連れさまがいるときもありましたが、たいがいはおひとりで」

小次郎は眉根を寄せて薄気味悪そうに顔をしかめ、

「いったい、あのお方はどんなひとだったのでしょうか。腰が低く、各地に骨董の品を求めに行くので、それぞれの土地のことを話してくれました。いろいろなことを知っていて、とても楽しいお方でした」

「何か身許を暗示するようなことを言っていなかったか」

「いえ。ただ、三年前におかみさんを亡くしたと言っておりました」

「連れの名前とかは聞いてないか」

「聞いておりません」

「顔は覚えているか」

「はい。お会いすればわかると思います」

結局、身許を突き止める手掛かりは摑めず、京之進と与吉は小次郎の家を辞去した。

「いつもは、藤右衛門はどうやって帰っていたのか」

「へい。『はるよし』を出てからの藤右衛門の足取りを、手先に調べさせています。藤右衛門を見かけた者もいるかもしれませんから、あの辺り一帯に聞き込みをかけているんです」

「それと、藤右衛門は歩いて帰ったとは思えぬ。どこかで、駕籠《かご》を使ったのではないか。駕籠屋を調べてもらいたい」

京之進は言った。

「わかりやした」

「俺はもう一度、『はるよし』の女将から話を聞いてみる」

与吉と別れてから、京之進は両国広小路《ひろこうじ》を突っ切って、薬研堀に向かった。

京之進は若くして同心の花形である定町廻りに抜擢されたほどに有能な人間だった。これまでにも数々の手柄を立てて来たが、その中で、難事件と呼ばれるものは青痣与力の協力なくしては解決出来なかったものばかりだ。

京之進は青痣与力こと青柳剣一郎に畏敬の念を抱いていた。そもそも、あの左頬の青痣の由来からして凄《すさ》まじいものだった。

剣一郎がまだ当番方与力だったころ、人質事件の捕物出役で現場に駆けつけた。同心たちが立て籠《こ》もっている十人の賊に手こずっているのを、剣一郎が単身で乗り込み、十手ひとつで賊を叩きのめして人質を無事に助け出した。そのときに左頬に受けた刀傷が、その後、傷の回復とともに薄く青痣になったと聞いている。

あの青痣は勇気と強さの象徴だ。それと、決してそのときの手柄を自慢しない謙虚な人柄にますます京之進は惹《ひ》かれたのだ。

難事件のたびに、そんな青痣与力が乗り出してくれて、その薫陶《くんとう》を受けることが出来ることに喜びを覚えた。

まだまだ、青痣与力から学ばねばならぬことは多い。そんなことを考えているうちに、料理屋『はるよし』の門前にやって来た。

京之進は門を入り、飛び石伝いに玄関に向かった。

まだ、玄関は女中が掃除をしている最中だった。

「女将さんを呼んでもらいたい」

京之進は雑巾《ぞうきん》がけの手を休めた女中に声をかけた。

待つほどのこともなく、女将がやって来た。化粧をし、髪を整え、派手な着物に着替えた女将は、さっき会った女とは別人のようだった。

「旦那。何かわかりましたんですかえ」

女将は貫禄《かんろく》が十分だった。

「いや、わからぬ。それで、もう一度ききに来たのだ。身許がわかるような会話がなかったか、思い出してもらいたい」

「私も、あれからいろいろ思い出してみたのですけど、あのお客さんは、いまから考えれば、あまり自分のことは口にしなかったように思います」

「そうか」

「はい。他のお方はご自分の自慢をするのですけど、あのお方は決してそのようなことは言いませんでした。ただ、旅先でのお話をすることはありましたけど」

「旅先の話とは？」

「骨董品の掘り出し物を探しによく旅するそうです。どれも、たわいもないことです。沼津《ぬまづ》から船に乗って、船酔いしたとか、三島《みしま》の女郎のこととか、箱根《はこね》の雲助《くもすけ》とのこととか……」

「骨董品についての詳しい話はどうだ？」

「そうですね。茶器や掛け軸《かじく》のことを話していたようですけど」

「いつも、帰りは歩いて帰ったのか。駕籠を呼ばなかったのか」

「はい。お呼びしましょうかと、いつもきくのですけど、いいと仰いました。酔い心地を楽しみたいから少し歩いて行く、途中で駕籠を拾うと」

女将はふと眉根を寄せて、

「旦那。藤右衛門という名は偽《いつわ》りなのでしょうか」

と、きいた。

「いや、わからない」

最初は強盗に襲われたと思ったが、ホトケの素性がわからないことのほうが気になった。下手人ははじめから、藤右衛門と名乗った男を狙《ねら》った可能性もあるのだ。

「邪魔をした」

京之進は『はるよし』の玄関を出た。

まっすぐ元柳橋に向かう。

藤右衛門が殺されていた場所に立った。やはり、強盗ではなく、端《はな》から藤右衛門を狙っていたのに違いない。

だとすれば、ホトケの身許がわかれば、下手人にやがて辿《たど》り着くだろう。だが、京之進は表情を曇らせた。

ホトケには謎《なぞ》がありそうだ。ふと、雲が流れ、陽が翳《かげ》った。晩秋の陽光を受けてきらきらと輝いていた薬研堀の水面も急に輝きが失せた。身許を探り出すのが困難かもしれないと、京之進は先行きに不安を覚えた。

三

翌九日は重陽の節句である。

るいが剣一郎のもとにやって来た。もう見違えるほどに成長したるいが手をつき、

「それでは出かけて参ります」

と、挨拶する。

きりりとした目鼻だちに、柔らかい頰に小さく引き締まった形のよい唇。匂い立つような姿だ。

「うむ。師匠どのによろしくな」

剣一郎はまばゆいものを見るようにわが娘を見送った。

遊芸を習う者は五節句には師匠のもとに挨拶に回る習いであった。町には遊芸の師匠のもとに向かうのか娘たちの姿が目についた。

町の娘たちは十六、七歳になって御殿奉公奥勤めの見習いに出るが、よいところに奉公に上がるためにも琴、三味線《しやみせん》、踊りなどの遊芸を六歳ごろから習いはじめるのだ。

るいが出かけたあと、剣一郎は濡縁《ぬれえん》に出た。庭には菊の花が咲き誇っている。いよいよ、秋も押し迫り、神田明神《かんだみようじん》の大祭がすめば、冬の訪れを待つばかりとなる。

雲も高く浮かんでいる。剣一郎は雲の流れに目をやった。黒っぽい雲が見えるが、雨にはなるまい。

「雨太郎か……」

剣一郎は覚えず呟いた。

「どうなさいましたか」

妻女の多恵が近づいて来たのにも気づかなかった。

「雨がどうかなさいましたか」

「いや」

剣一郎は微《かす》かな狼狽《ろうばい》を隠すように、

「季節の移ろいは目まぐるしいものだ」

と言い、庭の菊花に目をやった。

「まあ、そんな感傷など、お珍しゅうございますこと」

多恵が微笑んだ。

「いや、るいがすっかり美しい娘に成長した。いずれ、嫁のもらい手が現れるのかと思うと、複雑な思いだ」

多恵が現れるまで、別なことを考えていたのだが、るいのことに思いを馳せると、心底心配になった。

「どうなのだ、るいに何か……」

剣一郎は思わず縋《すが》るように真顔できいた。

「まあ、青痣与力と世間で讃《たた》えられているお方も、娘のことになるとすっかりひとが変わってしまうものですね」

多恵がおかしそうに笑った。

「いや、そういうわけではないが」

「縁談はたくさんいただいております」

「なに、それはまことか」

剣一郎は飛び上がりそうになった。脳天を殴られたような衝撃だ。

「でも、ご心配には及びません。るいにはまったくその気がないようで、すべてお断りしてくれと」

「そうか」

と、剣一郎は呟いたあとではっと息を呑んだ。

「まさか……」

あとの言葉を続けるのが怖かった。

「好きな殿御でもいるのか、でございますか」

多恵が剣一郎の顔色を読んで言う。

「どうなんだ？」

「さあ」

「さあって」

剣一郎は狼狽したが、多恵の手前もあって、それ以上きくのを堪《こら》えた。

「もし、気になるのなら、志乃《しの》どのにお訊ねしたらいかがですか。ふたりは姉妹のように仲がよいのです。何か知っているかもしれません」

生真面目な顔で、多恵は言った。

志乃は伜《せがれ》剣之助の嫁である。

「いや、そこまでする必要はない」

口ではそう言い、落ち着きはらった態度を見せたものの、剣一郎は気づかれぬように吐息を漏らした。

まさか、志乃にきくわけにはいかないので、剣之助から志乃にきいてもらおうと思った。その剣之助は奉行所に出勤している。

「剣之助と志乃どののことですが」

多恵が切り出した。

「ふたりはまだ祝言を挙げておりませぬ。あのようなことがあったゆえ、本人たちも祝言を挙げることは最初から諦めているようですけど、志乃どのが少し不憫《ふびん》でなりませぬ。また、あちらさまにしても娘の晴れ姿が見られないのは何かと心残りかと」

当初、志乃は父親の上役である旗本脇田清右衛門《わきたせいえもん》の伜清十朗《せいじゅうろう》が見初《みそ》め、嫁にすることになっていた。それを、剣之助が奪い、北国の酒田にふたりで逃げ、二年ほど向こうで過ごして来たのだ。

江戸に戻り、ふたりは晴れて夫婦となったが、祝言などは自粛《じしゅく》していた。

このままでは可哀そうだと、多恵が言った。

多恵の言い分ももっともなことであった。

「私も、そのことは気になっていた。剣之助と話し合ってみよう」

「お願いいたします」

多恵が去ったあと、剣一郎は疲れたように覚えずため息をついた。別に多恵に負い目を持つ必要はないのに、なぜか気が張っていた。このようなことは、かつてなかったことだ。

やはり、おくみのことが頭の隅にあることに後ろめたさを覚えていたのだ。おくみに対してどうのこうのという気持ちはない。ただ、おくみといっしょにいると、心が安らぐのだ。あの平穏な気持ちはかつて味わったことのないものだった。

しかし、この屋敷でそういう安らぎを得られなかったのは決して多恵のせいではない。煩多《はんた》な日常の中で、屋敷に戻れば、それなりに気は休まる。だが、いついかなるときでも、急用が出来《しゅったい》してもいい心の準備はしておかねばならない。

だが、おくみと向き合っていたひとときは、そうした自分の立場を忘れてくつろげたのだ。別世界に身を置いているのと同じだ。そこでは、奉行所のことも、悪を追い詰めることも、まったく考えることはない。そういう心地でいられるのは、おくみが青痣与力のことを知らないからだろう。

あの女は左頰の痣を見ても特別な反応を見せなかった。江戸の住人すべてが青痣与力のことを知っていると自惚《うぬぼ》れる気はないが、おくみは青痣与力という異名があることさえ知らないのだ。

おくみは最近になって、江戸に出て来たのかもしれない。

あの雨の中、弁天様にお参りとはよほどのことに違いない。おくみは言葉を濁《にご》したが、あの日にお参りに行ったのは願掛けであろう。

日数を決めて、毎日お参りに行っているのだ。ふと見せた翳りは、おくみが何か深い事情を抱えていることを物語っている。

兄の縁で、知り合った女だ。この前は、束の間でも静かな時間を過ごさせるために兄がおくみと巡り合わせたと思ったが、じつはあの女の力になってやれという兄の頼みだったのかもしれない。もし、困っていることがあれば、力になってやりたい。そう思うと、剣一郎はじっとしていられなくなった。

剣一郎は立ち上がった。

外出の支度をしていると、多恵が近寄って来た。

「お出かけでございますか」

「うむ。気になることがあるのだ。事件に関係しているとは思えないが、ちょっと確かめて来る」

そう答えたあとで、多恵が訝しげな顔をしたことに気づいた。どうしたと、問い返そうとして、剣一郎はあっと声を上げそうになった。

今まで、外出の理由など言ったことはない。それに、多恵は理由をきいたわけではない。それなのに、わざわざ理由を答えている。

多恵が訝るのも無理はない。

「では、行って来る」

剣一郎は動揺を隠して玄関に向かった。

編笠をかぶり、着流しに大刀だけを差して、剣一郎は八丁堀を出た。

まるで、十代の若者のように、剣一郎は胸をときめかせて、不忍池までの道程を急いだ。俺はいままで忙しすぎた。剣一郎はそう自分に言い聞かせた。

ほんのひとときの休息を求めるだけなのだ。決して、あの女子《おなご》に惹かれてのことではない。

筋違橋《すじかいばし》を渡り、御成道《おなりみち》を下谷広小路《したやひろこうじ》に出て通り抜け、三橋《みはし》を渡った。それから、不忍池のほうに折れた。

仁王門前町の路地を曲がり、おくみの家の前にやって来た。

格子戸の前で、覚えず周囲に目をやった。そして、静かに引き戸に手をかけた。

土間に入り、編笠をとってから、奥に声をかけた。若い娘が出て来て、顔を見てすぐに奥に引っ込んだ。

飛び出すようにして、おくみが出て来た。

「まあ、雨太郎さま。よくおいでくださいました。さあ、どうぞ、お上がりくださ い」

「お邪魔する」

剣一郎は腰から大刀を外して部屋に上がった。

おくみは心が弾んだように、

「うれしゅうございます」

と、剣一郎の訪問を歓迎してくれた。

「近くまで来たものでな」

剣一郎は言い訳をした。

おくみは、剣一郎の素性をきこうとしない。そのことも好ましかった。だが、うがって考えれば、だから私のことをきかないでくださいという暗示なのかもしれなかった。

「雨太郎さま。御酒を召し上がりませんか」

「いただこう」

剣一郎はこの心地好い雰囲気に呑まれていた。

新しい猪口《ちょこ》に、徳利《とっくり》も新しい。おくみの酌《しゃく》を受けて、剣一郎は酒を呑んだ。おくみにも注いでやった。

野菜の和《あ》え物に味噌で煮た魚が皿に載っていた。箸《はし》をつけたが、いずれも美味だった。それを言うと、おくみはうれしそうに微笑んだ。

おくみは猪口を二杯ほど口にしただけで、細い首まで赤くした。

「恥ずかしいですわ。こんなになってしまって」

少し崩れた姿勢が艶《つや》っぽく目に飛び込んだ。

「ふだんはまったく呑みませんから」

「じゃあ、この酒は?」

剣一郎は驚いてきいた。

「雨太郎さまがいらっしゃったとき、呑んでいただこうと思って、買って来たのです」

目の縁を赤く染めたおくみは恥じらうように言った。

「そうか……」

胸の底から甘酸っぱいものがわき上がったが、その感情を押し戻すように剣一郎は酒を呷《あお》った。

この女は剣一郎のことを待っていた。剣一郎が来るという自信があったのだろうか。自分の色香が、そうさせると思ったのか。否《いな》、と剣一郎は否定した。

おくみは女というものを武器にしようと考えてはいない。また、それほど思い上がった人間ではない。

では、なぜ、剣一郎が訪ねて来るとわかったのか。

それから、しばらく、剣一郎は酒を呑んだ。そして、少し酔って来るのを待った。少なくとも、おくみから見て酔っているように見えなければならない。さらに、立て続けに酒を呑んだ。

と、おくみは徳利が空になったのに気づいた。

「すぐ、お燗《かん》を」

おくみが立ち上がろうとするのを、

「だいぶ、呑んだ」

と、剣一郎は引き止めた。

「私としたことが、度を過ごしたようだ」

そう言い、剣一郎は深呼吸をした。

「申し訳ございません」

「いや、私が勝手に呑んだだけだ」

剣一郎は言ってから、

「おくみさん。酔いに任せて、少しお訊ねしてよいか」

と、おくみの顔を凝視した。

「はい」

おくみは畏《かしこ》まった。

「そなたは、江戸の人間ではないようだが……」

「あら」

「はい。小田原《おだわら》から参りました」

「いつ江戸に？」

「二月ほど前でございます」

「で、江戸にはどんな用で？」

「…………」

おくみが当惑したような表情をしたので、剣一郎は笑みを浮かべ、

「小田原は賑《にぎ》やかな城下町だな」

と、おくみの負担をなくすように、あえて話題を逸《そ》らした。

「雨太郎さま。お話しするのがいやなのではありません。むしろ、きいていただきとうございます。ですが、きょうはご勘弁ください」

おくみは頭を下げた。

「心配いたすな。話したくなければ話さずともよい、話したくなったら、いつでも聞こう。この雨太郎、そなたを困らせたくない。ただ、そなたの力になってやりたいだけだ」

「ありがとう存じます」

「もう少し、つけてもらおうか」

剣一郎は酒を頼んだ。

「はい」

おくみはうれしそうに立ち上がった。

この前と同じように、落ち着いた静かな時間が流れた。

剣一郎は酒に酔い、おくみと過ごすゆったりとした雰囲気にも酔っていた。八丁堀の組屋敷から比べると、はるかに狭い家だ。狭い庭の向こうには商家の土蔵が見える。それなのに、居心地がよい。

おくみはあまり酒の肴《さかな》を多く出さないようにしていた。剣一郎が帰宅して夕餉《ゆうげ》をとるのに邪魔にならない程度の量に抑えようと気を配っているのだ。

当然、おくみは剣一郎に家庭があることを想像しているだろう。何をしている人間か、ほんとうの名とて知りたいだろう。だが、おくみはそのことに一切触れようとしなかった。

ただ、雨太郎という男としてだけ、接しようとしている。剣一郎もまた、青柳剣一郎ではなく、雨太郎であろうとした。

ふたりにあまり会話はない。だが、言葉が少ないぶんだけ、ふたりの心が触れ合っているという実感があった。

気がつくと、陽が翳り、部屋の中は薄暗くなっていた。

「もう、日が暮れてきたのか」

剣一郎はため息をついた。

「ほんとうに時が経つのは早いものでございます」

おくみは切なそうに言った。

「そろそろ、帰らねばならない」

剣一郎は言った。

「はい」

おくみは目を伏せた。

だが、そのまま、しばらく動こうとしなかった。が、剣一郎が先に腰を上げると、おくみも立ち上がった。

剣一郎が先に部屋を出ようとしたとき、いきなり背中におくみがしがみついた。顔を押しつけている。泣いているようだった。

剣一郎はしばらくそのままにさせた。なぜか、切なかった。

「ごめんなさい」

おくみが低く言い、背中を離れ、剣一郎の前にまわった。

おくみは格子戸の外まで見送りに出て来た。

「また、来させてもらう」

剣一郎は声をかけた。

「お待ちいたしております」

潤《うる》んだような目でじっと見つめ、おくみは震《ふる》えを帯びた声で言った。

「では」

剣一郎は笠をかぶって、身を翻《ひるがえ》した。

角で振り返ると、おくみはまだ見送っていた。その向こうの空が茜《あかね》色に染まっている。

再び、三橋を渡り、下谷広小路を過ぎても、背中におくみの視線を感じていた。筋違橋を渡った頃に、辺りは暗くなってきた。

背中に、まだおくみの温もりが残っていた。剣一郎への思慕というよりも、自分が抱えているものにふいに耐えかねたような涙だった。やはり何か困っていることがあるようだ。なぜ、言えないのか。そのことも気になった。

町中には、早くも祭の雰囲気が漂っていた。九月十五日から神田明神の祭礼があるのだ。隔年に大祭があり、今年はその大祭の年にあたるので盛り上がっている。

本町《ほんちょう》に差しかかったとき、本町通りから出て来た植村京之進とばったり出会った。

「京之進ではないか」

剣一郎は笠を上げた。

「あっ、青柳さま」

京之進は畏まった。

「どうした、だいぶ疲れたような様子だが？」

京之進が、一昨日の夜に起こった薬研堀の殺しについて探索をしていることは、剣一郎は奉行所で報告を受けている。

「はい。きょうはずっと旅籠《はたご》をまわってきましたもので」

「旅籠？」

「じつは、薬研堀のホトケの身許がまだわからないのです」

「ほう」

「料理屋では、神田多町一丁目で骨董商を営む『錦古堂』の藤右衛門と名乗っておりましたが、多町にはそういう骨董商はおりませんでした。場所が違うのかと、下谷から浅草《あさくさ》、さらには京橋《きょうばし》のほうにも手を広げてみましたが、『錦古堂』という店はありません」

「ホトケが身分を偽っていたのか」

「はい。女将の話では、旅先での話をしていたというので、江戸にやって来た商人で旅籠に滞在している者かもしれないと調べたのですが、どこにもそれらしき旅人は泊まっておりませんでした」

「奇妙だな」

「はい。いまのところ、行方不明になったという訴えがどこからもないので、ホトケの身許を摑むのに手間取っております」

ホトケの身許がわからないと、下手人の探索も難渋する。京之進の焦《あせ》る気持ちもわからなくはないが、焦っては見えるものも見えなくなる。

「ホトケは堅気《かたぎ》の人間ではない可能性もある。その方面にも目を向けたほうがよいかもしれぬな」

「わかりました」

「私も、ホトケの身許のことは心に留めておこう」

「はっ」

京之進は岡っ引きとともに去って行った。

剣一郎はすっかり暗くなった八丁堀に帰って来た。

自分の屋敷の門の前で、おくみとのひとときを頭から追い払うように、剣一郎は大きく深呼吸をした。

四

九月十五日。神田明神の大祭がはじまった。

六月十五日の山王大権現《さんのうだいごんげん》の祭礼とともに、江戸城内に御輿《みこし》や山車《だし》が入ることを許される天下祭であり、江戸っ子は勇ましい祭に酔う。

神田祭と山王祭は交互に行ない、今年は神田祭が本祭で、山王祭は陰祭であった。

早朝から、神田明神の六十四ある氏子《うじこ》町がそれぞれ持っている山車が、桜の馬場から町に繰り出した。

一番山車は大伝馬町《おおてんまちよう》の諫鼓鶏《かんこどり》、二番山車は南伝馬町猿舞、最後の三十六番の松田町《まつだちよう》の源頼義《みなもとのよりよし》人形まで延々と続く。

各山車には付屋台や飾屋台などの練《ね》り物がつく。唄、三味線、囃子《はやし》、踊り子たちが歩きながら芸を演じる。若衆ふたりが呼吸を合わせて打ちまくる大太鼓の屋台。選ばれた踊り上手の町娘は踊り屋台で踊りを披露する。

派手で、賑やかな行列である。やがて、神田囃子の響きの中を、鉄棒を引き、木遣《きや》りを唄いながらの手古舞《てこまい》を先達に城内まで入って行く。

町筋の家々では、通りに面した部屋に手摺りを作り、衝立《ついたて》や屏風《びょうぶ》を立てて、そこに客を招いて大宴会となる。

山車の巡行は西神田、東神田、そして外神田の一円と広域である。最後の御輿が神田明神境内に吸い込まれて行ったあとも、町の人びとの提燈《ちょうちん》の灯は昼間のようだった。

朝から警護に当たっていた南町奉行所定町廻り同心の只野平四郎《ただのへいしろう》はまだ気が抜けなかった。祭に酔い、酒を浴びるように呑んだ勇み肌の男たちに待っているのは喧嘩《けんか》だった。たわいのないことから、殴り合いになり、ときには刃傷沙汰《にんじょうざた》になることも多い。また、人ごみを狙って、掏摸《すり》も暗躍している。

「旦那。まったく、呆《あき》れ返るぐらい盛り上がっていますねえ」

平四郎が手札を与えている岡っ引きの久助《きゅうすけ》が奇声を上げている連中を見て、ため息混じりに言った。久助は三十歳、まだ独り身だ。色の浅黒い男だ。

「まあ、江戸っ子の意気のみせどころだ。多少、羽目を外すのはお目溢《こぼ》しだ」

平四郎はつい最近、風烈廻り同心から定町廻りになったばかりである。その陰には、与力の青柳剣一郎の力添えがあった。

平四郎は何年もの間、風烈廻り与力の青柳剣一郎の下で働いてきたが、欠員の出た定町廻り同心に、剣一郎が推挽《すいばん》してくれたのだ。

亡き父も定町廻り同心であり、平四郎は親子二代にわたり、同心の花形である定町廻りになったのである。

明神下から筋違橋に向かう。橋の上も行き交うひとで混雑している。これから神田明神に向かうひとも多いのだ。

その橋に向かうひとの流れが突然、悲鳴とともに乱れた。

「喧嘩でも、おっぱじめたんでしょうか」

久助が顔をしかめた。

「うむ。ともかく、行ってみよう」

平四郎は足早に騒ぎのほうに向かった。筋違橋北詰に近づくと、通りがかりの者が遠巻きにするように、橋に近い川っぷちを見ていた。

「どいた、どいた」

久助が大声を張り上げて、ひとの輪をかきわけた。

そこに男が倒れていた。久助が野次馬から提燈を借りて照らした。仄明《ほの》かりに、三十前後と思える男の顔が浮かび上がった。喉から血が流れ出ていた。棒縞《ぼうじま》の着流しの、遊び人ふうの男だった。

脈を確かめるまでもなく、男はすでにこと切れていた。

「この男の連れはいないか」

久助が遠巻きにしている野次馬に声をかけた。野次馬たちの顔は手にした提燈の明かりに映し出されている。

「誰か、なにがあったのか見ていた者はいないか」

誰からも返事がなかった。みな祭に浮かれ、他人のことなどに注意を払っていなかった可能性は高い。

だが、おずおずと若い男女が出て来た。

「親分さん。じつは、あっしたちはそのひとを見たような気がします」

女に急かされたように、男のほうが自信なさげに言った。

「いや、どんなことでもいい。すまねえ、こっちに来てくれ」

久助は男を平四郎のそばに連れて来た。

「さあ、話してくれねえか」

久助が促した。

「へい。あっしら神田明神から引き上げて、筋違橋に来たとき、すぐ後ろで、てめえは誰だって声がしたんです。その声がひどく驚いたような感じだったので、振り返ったら、棒縞の着物の男が猿田彦《さるたひこ》の面をかぶった黒っぽい着物の男といっしょにこっちのほうに向かったんです。そしたら、いきなり悲鳴が聞こえたんです」

傍《かたわ》らで、女も頷いている。ふたりは言い交わした仲なのだろう。女は男の着物の袂を不安そうに摑んでいた。

「猿田彦の面は屋台で売っているやつか」

猿のような顔の天狗の面のことだ。

「そうです」

「すると、このホトケは猿田彦の面の男の言いなりにここへやって来たんだな」

「そんな感じでした」

「その男の特徴は覚えているか」

「やせていて、殺されたひとと同じぐらいの背丈でした」

女が答えた。

猿田彦の面の男はいきなり棒縞の着物の男の脇腹に匕首《あいくち》でも突きつけ、有無を言わさずここまで連れて来たのだろうと、平四郎は思った。

念のためにと、久助はふたりの男女の名前と住いを聞いて、ふたりを帰らせた。

改めて、平四郎はホトケの土気色になった顔を見た。眉毛が短く、鼻は鷲鼻《わしばな》だ。恐怖に引きつったような顔つきだったが、殺されるという恐怖だったのか、それとも猿田彦の面の下の顔を見て、驚愕したのか。

男はやせているが、腕は太く、胸板は厚い。

盆の窪に小さな丸い傷があった。大きな針を突き刺したようだ。そのあとに、喉を搔《か》き切ったのだ。

おそらく、どこかから男をつけてきて、あの場所で男に声をかけたのだ。

「おう、他に誰か、気づいた者はいないか。なんでもいい」

久助は、さらに野次馬に向かって声をかけた。

「もし、親分さん」

商人らしい年配の男が近づいて来た。向こうに連れが待っているようだった。

「おう、なんでもいい。話してくれ」

「はい。つまらないことかもしれませんが」

と、男は前置きして、

「殺されたひと、ひとりではなかったように思えます」

と、話した。

平四郎は聞きとがめて、男のそばに行った。

「詳しく話すんだ」

久助が言うと、男は平四郎にも顔を向け、

「筋違橋に差しかかったころ、私たちの前をこの男のひとが歩いていました。ふたり連れのようでした。そのうち、向こうから来るひとの流れで、ふたりはばらばらになってしまったようです。ひとりは先に行ってしまいました。そのうちに、川っぷちのほうから悲鳴が聞こえたんです」

「連れの男の顔を覚えているかえ」

久助がきく。

「はい。若い小柄な男でした。やっぱし、遊び人ふうでした」

「どうして、そんなに覚えているんだ？」

「じつは、さっきまでその男がこの輪の中にいたんです」

「なんだと」

「なかなか、前に出て行かないので、妙だなと思っていたんですが、いつの間にか姿が見えなくなっていました。それで、お知らせしたほうがいいかと思いまして」

「そうか。よく知らせてくれた」

久助は礼を言ったあとで、名前と住いをきいた。

平四郎はいまの話に当惑した。この商人ふうの男の勘違いということもあり得るが、その可能性は低いとみていい。

ホトケに連れがいたのは間違いないだろう。そうすると、あの場所で、下手人が犯行に及んだことがわかる。

下手人はふたりのあとをつけて筋違橋までやって来た。おそらく、猿田彦の面の男は棒縞の着物の男がひとりになる機会を窺《うかが》いながらふたりをつけてきたのだろう。橋の近くで雑踏に紛《まぎ》れて、ふたりは離ればなれになった。その隙《すき》をついて、棒縞の着物の男に近づき、脇腹に匕首を突きつけてここまで引っ張って来たのだ。

もうひとりの男は悲鳴を聞いて、連れの男がいないことに気づいて、この場所までやって来た。

そして、連れが殺されたのを知った。だが、男は名乗り出なかった。

なぜ、出なかったのか。顔を晒《さら》したくない事情があったからに他ならない。平四郎は、自分の考えを、久助に話した。

「おそらく、そうでしょうね」

久助は大きく頷く。

「そうなると、ホトケはすねに傷を持つ人間かもしれない」

「わかりました。その線でも、ホトケの身許を調べてみます」

ようやく、奉行所から検死与力も駆けつけて来た。

町の賑わいはまだまだ続いていた。

五

神田祭が終わってふつか後、朝から強い風が吹いていた。冷たい風で、冬が間近に迫ったことを思わせる。

剣一郎は風烈廻り与力として、同心の礒島源太郎《いそじまげんたろう》と大信田新吾《おおしだしんご》とともに市中の見回りに出ていた。

午後になって、本郷《ほんごう》から湯島《ゆしま》の切り通しを下って池之端《いけのはた》に向かった。風も収まりつつあった。

「あっ、そろそろ、銀杏《いちょう》の葉も黄色くなってきましたね」

新吾がうれしそうに言う。

二十六歳。定町廻りになった只野平四郎に代わって、風烈廻りになった男である。いつもにこにこした笑顔で、風烈廻り同心になったことがうれしくてならないということを態度にも示していた。

「新吾は晩秋に、ふと寂しい気持ちにはならないのだろうな」

礒島源太郎がからかうように言う。

「なぜでございますか。礒島さんは哀しいのですか。何か、秋にいやな思い出でも?」

新吾は真顔になってきく。

「そうではない。ものの哀《あわ》れだ」

「ものの哀れ?」

新吾は小首を傾げ、

「こうして町廻りに出られるのですから、楽しくてなりませぬ」

「もう、よいわ」

源太郎は匙《さじ》を投げたように苦笑した。

剣一郎は、ふとおくみのことを思い出した。家はこの近くだ。だが、寄るわけにはいかない。

仕事中であることはもちろんだが、巻羽織《まきばおり》に着流しという八丁堀与力の格好で、おくみに会うわけにはいかないのだ。

剣一郎は、おくみにとってはあくまでも雨太郎という男なのだ。

おくみは江戸の人間ではない。また、誰かの世話を受けているようでもない。小金を持っているようだ。ひょっとして、別の土地で、誰かの世話を受けていたのかもしれない。いずれにしろ、何らかの事情を抱えているのだろう。

池之端から下谷広小路に出て、しばらくして、

「おや、平四郎だ」

と、源太郎が路地から出て来た只野平四郎を目にとめた。

平四郎のほうもこちらに気がついたようで、

「青柳さま」

と、近寄って来た。

「礒島さま、見廻り、ご苦労に存じます。新吾も張り切っているようだな」

最後に、自分の後任の新吾をねぎらった。

「はい。毎日、楽しく過ごさせていただいております。ずっと、御番所にいるなんて気づまりで、退屈ですからね」

「これ、調子に乗ってぺらぺら喋《しゃべ》るな」

源太郎が新吾をたしなめた。

「はっ。申し訳ございません」

新吾はぺこりと頭を下げた。

「平四郎。その後、どうだ?」

剣一郎は少し疲れ気味のような平四郎にきいた。神田祭の宵《よい》に殺された遊び人ふうの男の身許がわからないようだった。

それより前に薬研堀で殺された骨董屋の藤右衛門と名乗った男のこともわかっていない。植村京之進が探索を続けているが、いまだにわからないのだ。

「はい。高札場にも人相書きとともに知らせているのですが、誰も何も言って来ません。湯島から浅草、両国のほうの地回りにも当たったのですが、手応えはありません。明日からは、芝《しば》のほうにも足を延ばしてみようと思っています」

「京之進のほうもホトケの身許がわからないそうだ。いちど、関係あるかどうかわからぬが、お互い照らし合わせてみたらどうか」

「わかりました。さっそく、植村さまのところに行ってみます」

「うむ」

失礼しますと、平四郎は裾を翻《ひるがえ》して颯爽《さっそう》と去って行った。

「すっかり、定町廻りが板についていますね」

源太郎が平四郎の後ろ姿を見送って感心したように言った。

「新吾も頑張って、平四郎みたいに定町廻りになるか」

源太郎がきいた。

「いえ、私は青柳さま、儀島さまといっしょにこうして町廻りをしていられるだけで満足です」

「もっと夢を大きく持て」

源太郎が強い口調で気合を入れた。

「わかりました」

大きな声で返事をしたが、ほんとうにわかっているのか心もとない。だが、新吾もこれからいろいろな事件を経験していくと、また別の考えを抱くようになるだろう。

剣一郎たちの一行は筋違橋までやって来た。だいぶ風も収まって来ていた。

神田祭の宵に起きた殺しの現場と思われる場所に目をやる。思えば、あのような祭の混雑の中で殺しを企てるとは大胆な下手人だ。

だが、逆に、人ごみの中だからこそ、ひとに気づかれずに殺しを行ない、また誰にも見とがめられずに逃走することが出来たのかもしれない。

筋違橋を渡り、八辻ヶ原《やつじはら》を突っ切り、須田町にやって来た。やはり、見廻りしていた、一番組『よ』組の火消連中と出会った。

「ご苦労」

剣一郎は声をかけた。

「青柳さま。いい按配《あんばい》に風も収まってまいりました」

「まだ、油断はならぬがな」

「はい」

火消連中とすれ違い、剣一郎たちの一行は大通りを日本橋に向かった。

路地から子どもたちが騒ぎながら出て来た。

「わいわい天王だ」

子どもたちのあとから猿田彦の面をかぶり、黒羽織に袴《はかま》をつけて両刀を差した男が出て来た。

「わいわい天王、騒ぐがお好き、囃《はや》せや子どもたち、わいわい囃せ」

と言いながら、子どもたちに牛頭天王《ごずてんのう》の御札を与え、そのあとから家々を訪れ、喜《き》捨《しゃ》を乞う。

近頃は、ほかにすたすた坊主とかいって、唄い、踊りながら喜捨を乞う大道芸人が増えている。

わいわい天王が路地に消えてから、猿田彦の面が脳裏に残った。

下手人はたまたま猿田彦の面をかぶって犯行に及んだだけで、わいわい天王と関係はない。

あのような祭で賑わう往来で犯行に及ぶ大胆さは尋常ではない。ましてや、相手に連れがいたのだ。

薬研堀のほうと関わりがありそうなら、事件の根は深いのかもしれない。ひょっとすると、自分の出番があるかもしれない。静かな時間がとれるのもあと僅かかもしれないと思ったとき、おくみの顔が脳裏を掠《かす》めた。


その後、奉行所に戻り、八丁堀の屋敷に帰って来た。

夕餉をとったあと、剣一郎は剣之助を部屋に呼んだ。

目の前に座った剣之助の美丈夫ぶりに、剣一郎は覚えず見とれた。ますます、剣之助は磨かれていっているようだ。

「奉行所の仕事には馴《な》れたか」

剣一郎はきいた。

「はい。馴れました。なれど、まだまだ、学ばねばならぬことはたくさんあります」

剣之助は如才《じょさい》なく答えた。

「そうか」

剣之助は見習として奉行所に上がっている。剣一郎が隠居したあと、青柳家を継ぎ、晴れて一人前の与力として認められる。

剣一郎がいる限り、見習のままだ。しかし、剣一郎はいまもって気力、体力とも充実しており、これからも現役を続けるつもりだ。

剣之助はまだまだ自分が修業の身であることを強調したのは、剣一郎に対しての思いやりかもしれない。自分はまだ見習の身で十分だと言っているのだ。

「早く、父を追い越すように」

我が息子の成長をうれしく思いながらも、まだまだ負けてなるものかと、妙なところで、剣一郎は力んだ。

「ところで、剣之助」

剣一郎はいきなり話を変えた。

「はい」

「そなたたちの祝言を挙げていない。いままで、あのお方を憚《はばか》って遠慮してきたが、そろそろよいのではないか」

「そのことですか。志乃も私も、自粛すべきではないかと思って参りました。祝言を挙げるとなると、岳父《がくふ》の上役である脇田さまも招かざるを得ませんし……」

「それもそうだな」

確かに、脇田家ではもう何の遺恨もないとは言ってくれているが、完全にわだかまりがなくなったわけではない。

「だが、そのことは小野田《おのだ》どのとも相談してみよう。小野田どののほうでも志乃の花嫁姿を見てみたいであろうし」

「はい」

剣之助は突然の話に戸惑ったように頷いた。

「ところで、ちと訊ねるが」

覚えず、剣一郎は声をひそめた。

剣之助は真顔になった。

「いや、そんなたいそうなことではない。るいのことだ」

「るいの？」

剣之助は意外そうな顔をした。

「うむ。るいには好きな男でもいるのか。何かきいていないか」

「さあ、私にはわかりかねます。志乃なら、何か知っていると思いますが」

「それだ。どうだ、それとなく、志乃にきき出してみてくれないか」

「さあ、どうでしょうか」

剣之助は困ったように小首を傾げた。

「あのふたりは、私なども中に入れぬほどの仲のよさ。私でも、打ち明けてくれないと思います」

「確かに、あのふたりは仲がよい。実の姉妹以上だ」

「はい」

「困ったな」

剣一郎が腕組みをしたとき、離れのほうから笑い声が聞こえてきた。志乃とるいだ。

覚えず剣之助と顔を見合わせてから、剣一郎はため息をついた。

六

翌日、朝四つ（午前十時）前に奉行所に着き、京之進が同心詰所に入ると、奥にいた只野平四郎が待っていたように近づいてきた。

「植村さま。ちょっとよろしいでしょうか」

平四郎が定町廻りになったとき、古参の臨時廻り同心の太田勘十郎《おおたかんじゅうろう》が指導役になっており、いまも面倒を見ているが、京之進もいろいろな助言をしてやっていた。

「なんだ？」

京之進は座敷の上がり框に腰を下ろしてきいた。

「はい。じつは、神田祭の夜に殺された男の身許がいまだにわかりません。薬研堀の殺しもホトケの身許がはっきりしないと聞きました」

平四郎は立ったまま話す。

「そのとおりだ」

藤右衛門と名乗った男が殺されてから十日が経過し、京之進は焦りはじめた。藤右衛門のことがまったくわからないのだ。

藤右衛門は江戸の人間ではないとしか考えられない。しかし、この数カ月、江戸で暮らしていたのは間違いない。薬研堀の料理屋に何度か顔を出しているのだ。だとすれば、どこかで寝泊まりをしなくてはならない。その場所がわからない。

「同じように殺された男の身許がどちらもわからないのも妙だな」

京之進ははじめて神田祭の夜の殺しに関心を示した。関連性を考えたのだ。

「まあ、座れ」

「はい」

平四郎は京之進の脇に腰を下ろした。

同心詰所には他の同心たちも入れ代わり出入りをしている。

「そっちの事件を詳しく教えてくれ」

京之進は催促した。

「はい。ホトケには連れがありました。下手人は猿田彦の面をかぶって、ふたりのあとをずっとつけていたようです。そして、筋違橋に差しかかろうとしたところで、人ごみにふたりが離ればなれになったとき、ホトケに匕首を突きつけ、川っぷちの暗がりに連れ込み、突き刺したものと思えます」

「大胆な犯行だな」

「はい。ホトケの連れは、現場を囲んだ野次馬の中にいたようですが、とうとう名乗って出て来ませんでした」

「仲間が殺されたのを見捨てて逃げたというわけか」

「はい」

京之進はかっと目を見開き、

「同じだ」

と、呟いた。

藤右衛門と名乗った男の身許を知っている人間がいたとしても、名乗って出られないのだ。

「ふたつの殺しは無関係ではないな。盆の窪と喉を裂かれているのも同じだ」

京之進はいきなり立ち上がった。

つられたように、平四郎も立った。

「平四郎、ふたつの殺しの下手人は同じ人間だ」

京之進が断じるように言った。

「おそらく、殺されたふたりは仲間だ。世間の表に出てこられない連中だ。そこらの盛り場の地回りとか博打《ばくち》打ちではない。盗賊の一味ではないか」

「盗賊……」

あっと、平四郎は声を上げた。

「だから、仲間は名乗って出られないというわけですね」

「そうだ。盗賊間の勢力争いか、それとも仲間割れか」

ちっぽけな盗賊ではない。諸国を荒し回っているような大きな一味のような気がした。

京之進は自分の考えに間違いないと思ったが、それを裏付ける証拠が欲しい。盗賊についていろいろ知っているのは火付盗賊改めである。

奉行所の同心が手札を与えている岡っ引きにも元盗人はいるだろうが、諸国を股にかける盗賊の一味はいないだろう。

やはり、盗賊のことにかけては火盗改めだ。

「死体を見てもらうんだ」

藤右衛門と名乗った男の死体はすでに腐乱がはじまっているので、深川《ふかがわ》の寺に無縁仏として埋葬されたが、神田祭の夜のホトケはまだ奉行所の死体置場に塩漬けされておいてある。その死体の顔を見てもらおうというのだ。

「どなたかご存じの方がいらっしゃいますか」

「以前、ある事件で顔を合わせたことがある山脇竜太郎《やまわきりゅうたろう》という与力がいる。このひとに当たってみよう。もし、埒《らち》があかなければ、青柳さまにお願いしてみる。青柳さまは火盗改めの与力の中に懇意にしているお方がいるのだ。だが」

と、京之進は付け加えた。

「なるたけなら、青柳さまのお手を煩《わずら》わしたくない」

「わかりました」

「よし。さっそく、駿河台《するがだい》に行ってみる」

火盗改役は、御先手《おさきて》組頭が兼務した。

御先手組は弓組と鉄砲組にわかれ、戦時には先鋒を務める。だが、平素は閑職であり、ここから火盗改役が選ばれた。

放火、盗み、博打の取締りをする。その際、怪しいと見ればどしどし捕らえ、拷問にかけて口を割らす。歯向かえば斬り捨てることも許されている。とにかく、荒っぽい探索を行なうのだ。

本来であれば、すべての犯罪の取締りは奉行所だけで行なえればよいのだが、奉行所だけでは手に負えないほどの凶悪犯罪が増えたために、火盗改めが置かれたのだ。

火盗改役には町奉行所のように一定の役所があるわけではなく、御先手組頭の拝領屋敷が役宅になる。

つまり、御先手組頭が火盗改役を拝命すれば、その役宅が火盗改めの役所になるのだ。いま、火盗改めのお頭はふたりいるが、山脇竜太郎が属しているのは、坂上伊織《さかがみいおり》という御先手組頭で、坂上伊織の拝領屋敷は駿河台にある。

「もし、山脇どのが来たら、ホトケを見せて欲しい」

そう言い残し、京之進は奉行所を飛び出した。

京之進は駿河台にある坂上伊織の屋敷にやってきた。

京之進は連れて来た小者を門番のところに行かせた。与力の山脇竜太郎への取り次ぎを頼むためだ。

火盗改めの与力は奉行所の与力とは違い、探索にも出る。とかく、奉行所と火盗改めは張り合うことが多い。妙に勘繰られないために、京之進は自分で出向くことを控えたのである。

しばらく待っていると、門から小肥りの男が出て来た。山脇竜太郎だ。

小者が山脇に訴えている。それを見届けてから、京之進は水道橋《すいどうばし》まで移動した。橋の袂で待っていると、ふたりはこっちに向かって来た。

京之進は出迎えるように数歩進み出た。

「山脇どの。お久しぶりでございます」

京之進が挨拶した。

「おう、植村どの。元気そうではないか」

「はい」

「何か大事な話があるとのこと」

「じつは検めていただきたいホトケがございます」

「ホトケ？」

「はい。数日前に筋違橋のそばで殺された男なのですが、いまだに身許が割れません。それより前に薬研堀でも殺しがあり、やはりそのホトケの身許が割れません」

事情を説明し終えると、

「高札場に張り出してあるホトケだな」

と、山脇はきいた。

「はい。いまだに誰も何も言って来ません」

「うむ。人相書きだけでははっきりしないのかもしれぬな」

「ひょっとしたら、ホトケは盗人一味で、仲間割れがあったのではないか。そのことを確かめたいのです」

山脇は腕組みをした。

「確かに、盗人一味の可能性があるな。俺は盗人一味の顔などわからんが、密偵に使っている虎吉《とらきち》というものがいる。元、盗人だった男だ。この男なら、知っているかもしれぬ。虎吉を遣わそう」

「ありがとうございます」

「虎吉は、ある場所で商売をしている。植村どのを訪ねるように伝えておく」

京之進は礼を言い、虎吉と会う場所を決めて別れた。

約束をとりつけたことにほっとしたが、一方で独断で火盗改めの与力と接触したことがなんとなく胸のしこりとなった。

青柳さまだけには報告しておくべきだったか。いまからでも遅くないと思いつつ、結果が出てからでよいと自分に言い聞かせた。


虎吉が奉行所にやって来たのは、その日の夕方だった。

虎吉は鼻先の尖《とが》った鋭い目つきの男で、なるほど火盗改めの密偵らしい容貌だと、京之進は妙なところで感心した。

すでに、平四郎には話してあったので、虎吉を伴って京之進は奉行所の裏庭の奥にある死体置場に向かった。

死体は座棺に塩漬けしてある。平四郎の指示で、小者が座棺の蓋を開けた。

虎吉がホトケの顔を凝視した。そのうち、虎吉の顔色が変わって来た。

「こいつは……」

虎吉が呟いた。

「知っているのか」

平四郎は虎吉にきいた。

虎吉はホトケから顔を平四郎に向けた。

「はっきりと言い切れませんが、ましらの保蔵《やすぞう》という男に似ています」

「ましらの保蔵？」

「はい。霞《かすみ》の陣五郎《じんごろう》という盗賊の手下ですぜ」

「なに、霞の陣五郎だと」

京之進が反射的にきき返した。

平四郎が何かききたそうだったが、京之進は虎吉に向かって、

「すまぬが、無縁仏として埋葬してあるホトケも確かめてもらえぬか。こっちは骨董

商の藤右衛門と名乗っていたが、ほんとうの名ではないようなのだ」

「わかりやした。寺は？」

「深川の法光寺《ほうこうじ》だ。発掘の許しを得たら連絡する」

寺社奉行にお伺いを立ててからのことだ。発掘は明後日になるかもしれない。

「わかりやした」

虎吉が引き上げたあと、平四郎が待ちかねたようにきいた。

「植村さま。霞の陣五郎というのは？」

「諸国を荒し回っている盗賊だ。三年前、芝神明町《しんめいちょう》の仏具問屋に押し入り、主人夫婦から奉公人まで十数人を斬殺し、二千両を奪った」

あっと、平四郎は思い出した。当時は、風烈廻り同心で、事件の探索には関わらなかったが、その押込みはきいていた。

「その押込みは火盗改めが乗り出して来たため、奉行所は掛かりになることはなかったが、火盗改めをもってしても、捕らえることは出来なかった。それというのも、奴らは、すぐに江戸を離れたからだ」

「じゃあ、江戸では一度しか？」

「そうだ。たった一度だけで、江戸から去った。だから、尻尾《しっぽ》も摑めない」

「どうして、霞の陣五郎という首領のことがわかったのですか」

「他の盗賊からだ。火盗改めが捕まえた盗賊が、芝神明町の仏具問屋の押込みは霞の陣五郎一味だと話したそうだ。火盗改めの調べによると、三島、沼津、府中《ふちゅう》、浜松《はままつ》、宮《みや》など東海道で残虐な押込みの被害があったという。霞の陣五郎の特徴は同じ場所では続けて押込みをやらないということだ。それと、押し入った先の人間をことごとく斬殺するなどの残虐性だ」

「もしホトケが霞の陣五郎の一味だとしたら、仲間割れの可能性がありますね」

「藤右衛門と名乗った男も霞の陣五郎一味の仲間かどうか。墓を暴いてからだ。もし、一味だとしたら、またぞろ江戸で押込みをやるために仲間が集《つど》っているということになる」

京之進は身を引き締めて言った。

三年前、芝神明町の押込みも、仏具問屋に手下を下男として住み込ませ、その男が仲間を引き入れた。同じように、狙いを定めた商家には、すでに何らかの形で仲間が潜《もぐ》り込んでいるとみていい。

だが、京之進は逸《はや》る心を抑えた。

虎吉も、まだはっきりとましらの保蔵だと言ったわけではない。虎吉が霞の陣五郎一味の者をどの程度知っているのか。

ともかく、藤右衛門と名乗った男のことがわかってからだ。死んでからだいぶ時間が経ち、腐敗も進んでいるだろう。だが、夏の時期ではなく、まだ顔の識別は出来るのではないか。

京之進は、そのことに期待をした。

第二章　尋ね人

一

翌日。剣一郎は小石川片町《こいしかわかたまち》にある小野田彦太郎《ひこたろう》の屋敷を訪れ、客間で彦太郎と妻女のりくと向かい合っていた。

挨拶のあとに、剣之助と志乃の様子を話し、祝言を挙げていないことに言及し、もうそろそろ世間にも堂々とふたりのことをお披露目《ひろめ》してもよいのではないかと思うようになったと、剣一郎は話した。

「いかがでございましょう、ふたりの祝言を挙げてやることについて、何か思うところがおありになればお伺いしたいのですが」

「私どももぜひ祝言を望むところでござる」

小野田彦太郎がすぐに応じたが、

「問題は、脇田さまだけでござる」

と、少し気弱そうに顔を歪《ゆが》めた。

「やはり、まだいけませぬか」

剣一郎は彦太郎の曇った顔を見つめた。

「じつは、清十朗どのが妻女を正式に離縁したそうなのです」

「離縁?」

志乃に懸想《けそう》していた清十朗は、志乃が剣之助と酒田に行ったあと、しばらくして妻を娶《めと》った。

ようやく志乃を諦めたのかと思ったが、結婚後もほうぼうの料理屋で遊び呆《ほう》け、酔っては妻女を殴るなどの傍若無人《ぼうじやくぶじん》ぶりに、妻女が自害しようとしたこともあったらしい。さらには、剣之助と志乃が江戸に戻るのを待ち伏せて襲おうとするなど、卑劣な行ないに出た。

最終的には、倅《せがれ》の行状を知った脇田清右衛門に厳しく諫《いさ》められ、やっと清十朗もおとなしくなった。

しかし、清十朗が妻を離縁したとなれば、祝言を挙げることで、またぞろ清十朗の歪んだ気持ちが爆発するかもしれない。そう、彦太郎はため息をついた。

「清十朗どのはまだ志乃どのに未練を持っているのか、あるいは剣之助が憎いのか」

剣一郎は当惑気味に言う。

「脇田さまは、清十朗どのの離縁の話をしたあと、清十朗も志乃どのを妻に迎えることが出来ていたら、よき家庭を築いただろうにと仰った」

「どういう意味でそのようなことを仰ったのでしょうか」

剣一郎はきいた。

「わかりません。ただ、志乃と剣之助どのの仕合わせな姿と倅の姿を比べていることは間違いござらん」

「清十朗どのさえ落ち着いてくれたら……」

剣一郎は残念に思った。

だが、もともとは清十朗が一方的に志乃に懸想をし、父親の清右衛門が上役であるという権力を翳《かざ》して、彦太郎に志乃との縁談を迫ったことが不幸のはじまりだったのだ。

いったんは、清右衛門は清十朗の非を認め、志乃と剣之助のことを許したのだが、父親としては複雑な心境なのだろうか。

「ばかな子ほど可愛いと申しますが、脇田さまは清十朗どのが可愛いのでしょう。はて、どうしたものか」

彦太郎は腕組みをして思案した。

「私は、祝言を挙げてもよろしいかと思いますが」

りくが口をはさんだ。

「もともと、脇田さまのほうが一方的に志乃との結婚を望んだだけのこと、それで、私どもが振りまわされるのも理不尽なことでございます。それに、剣之助どののお立場もございましょう。自分の妻を上役や朋輩にもご披露すべきでしょう」

「そのことはわかっている。だが、祝言を挙げるとなると、どうしても脇田さまをお招きせねばならない。脇田さまのご心境を考えると、複雑な思いだ」

彦太郎は苦しそうに顔を歪めた。

「なれど、脇田さまもいまでは清十朗どのの我儘《わま》がことを大きくしているとわかっている様子。脇田さまも、おとなげない真似はなさらぬと思いますが」

りくは自分の考えを述べた。

「この件はもう少し時間をくだされ。脇田さまに折りをみて、正直にお話をしてみます」

彦太郎は剣一郎に言った。

「わかりました。それにしても清十朗どのの不行跡《ふぎょうせき》には脇田さまも頭の痛いことでありましょう」

剣一郎は同情したが、やはり、清右衛門は清十朗に甘いのだろう。もっと、自分の伜に厳しく当たるべきなのだと剣一郎は思った。それが、清十朗のためでもあるだろう。

だが、我が身を振り返ってどうか。幸い、剣之助は親に心配をかけぬ子であった。だが、剣之助が清十朗のような男だとしたら、剣一郎はどこまで親として毅然《きぜん》とした態度で接することが出来ただろうか。

「清十朗どのとて、子が出来、親になればまた違ったのでしょうが」

りくが呟《つぶや》くように言った。

りくは亡き兄の許嫁だった女だ。兄が存命なら、りくは剣一郎の義姉になったはずなのだ。

十数年の空白を経て再会したとき、りくは志乃の母親として、剣一郎は剣之助の父親となって再会したのである。

「きょうはゆっくりしていられるのですか」

彦太郎が期待するようにきいた。

「申し訳ございません。そうもしていられないのです」

剣一郎はそのつもりで出て来たのだが、兄のことを思い出したとたん、おくみのことが脳裏を掠《かす》めた。

「それは残念だ」

落胆したように、彦太郎はため息をついた。

「申し訳ございません。この次は必ず時間を作って参ります」

剣一郎は低頭した。

「いや、お役目ならば仕方ない。残念だが、楽しみは先に延ばそう」

「剣一郎どのと御酒を酌《く》み交わすことを楽しみにしていたんですよ」

りくが苦笑した。

「私も楽しみにしていたのですが」

「まあ、仕方ない。町の平穏を守るために働いているのだからな。だが、青痣与力が不要になる世の中に、早くなって欲しいものよ」

「はい」

剣一郎は後ろめたかった。仕事ではない。おくみのところに寄ろうとしたのだ。

今度、会ったとき、事情を話すと言っていた。おくみがなぜ、江戸に出て来たのか。誰かの世話を受けているのか。

　しばらくして、別れの挨拶をし、剣一郎は彦太郎の屋敷を出た。

　編笠を被り、着流しの裾を翻《ひるがえ》して急ぐ。小石川片町から菊坂町《きくざかまち》を通って本郷通りに出、湯島の切り通しを下って不忍池までやって来た。

　陽は傾いたが、まだ明るい陽光が蓮《はす》の葉の隙間から覗《のぞ》く水面をきらりと光らせていた。

　剣一郎は仁王門前町のおくみの家の前に立った。

　思い切って格子戸を開けて、編笠をとって奥に呼びかけた。

　はいと、飛んで来たのはおくみだった。

「邪魔をする」

　剣一郎は声をかけた。

「まあ、雨太郎さま」

　おくみははしゃいだ。

「さあ、お上がりください」

「ごめん」

　刀を腰から外して、剣一郎は部屋に上がった。

　いつものように居間に通された。

「お酒、つけますね」

いそいそと、おくみは酒の支度をはじめた。

おくみとの出会いは兄の導きのようだったが、きょうも兄のことを思い出したとたんにおくみに会いたくなった。

やはり、兄がおくみの力になれと言っているようだ。

燗《かん》がついて、おくみが剣一郎の盃に酌をした。

肴《さかな》は小鉢に入った貝の和え物。それから、いたわさ。新しい箸に驚いて、手にとってからおくみを見た。

恥ずかしそうに、

「雨太郎さまのを買っておきましたの」

と、俯《うつむ》いて言った。

「私のために……」

剣一郎は胸に鋭い痛みが走った。

この前は剣一郎のために酒を用意しておき、きょうは箸を買っておいた。少しずつ、剣一郎のものが増えて行く。おくみのおもいやりを素直に喜びながらも、切ないものが突き上げてきた。

おくみは剣一郎の素性を知らない。だが、妻がいることはわかっているのだ。だから、雨太郎という名を作り上げ、この場だけのつきあいで満足しようとしているのだ。いや、いつか別れが来ることも知っている。だから、自分が作り上げたままの雨太郎としての存在だけで我慢しようとしているのだ。

いじらしいと、剣一郎は思った。だが、自分にはそれに応えてやることは出来ないのだ。それこそ、この家で雨太郎としてだけの縁でしかない。

「どうかなさいましたか」

おくみが訝《いぶか》しげに小首を傾げた。

「いや。そなたといると、私は私でなくなる。私の中にはもうひとりの私がいたことに自分でも驚いている」

「それが雨太郎さま。それで、よろしいではありませんか。私は雨太郎さまとこうしているだけで仕合わせにございます」

手を伸ばせば引き寄せられるところに、おくみはいる。だが、それをしてはいけないのだと、剣一郎は自分を諌めた。

多恵への気遣いではない。おくみのためにだ。剣一郎も、この家にいつまでも遊びに来られるわけではない。やがて、剣一郎の来訪も途絶えることになるだろう。

剣一郎はおくみの人生に責任を持ってやれないのだ。それなのに、さらに深い関係になることは慎まなければならない。おくみを傷つけるだけだ。

「いつぞやのお祭はすごうございました」

おくみがふと口にした。

「神田祭か」

「はい。噂《うわさ》にはきいておりましたが、山車の行列がとても長く、途切れることがないのではないかと思うほどでした」

おくみはうれしそうに続けた。

「踊りの屋台で踊っている娘さんたちはたいそうお上手でした」

「芸事を習うものにとって、踊り屋台の上で踊るのが誉《ほま》れらしい」

「そうでございましょうね」

おくみは剣一郎の盃に酒を注ぐ。

「あの娘は？」

「気をきかして、どこかへ出かけて行ったようです」

おくみが小遣いを与えてどこかへ遊びに行かせたのかもしれない。

陽が翳《かげ》り、部屋の中が薄暗くなった。

「雨太郎さま」

思い詰めたような目で、おくみが言った。

なんだね、という目を剣一郎は向けた。

「もう少し、お傍に寄ってもよろしいでしょうか」

おくみは恥じらった。

「構わぬ」

剣一郎は硬い声で答えた。

おくみは膝をずらし、剣一郎の脇に寄りそうように近づいた。すぐ傍に、おくみの顔がある。

「どうぞ」

おくみは徳利をつまんだ。

「そなたも」

酒を口に運んでから、剣一郎は盃をおくみに渡した。

「いただきます」

酌をする。

おくみは盃を呷《あお》った。

いとおしいと思った。妻以外の女をこれほどいとおしいと思ったことはなかった。

と、同時に哀しかった。

無性に哀しく、やりきれないほど切なかった。兄上はなぜ、と剣一郎は心の内で問いかけた。

(なぜ、おくみと巡り合わせたのですか)

なまじ、知り合いさえしなければ、これほど切ない思いをせずに済んだものを、と剣一郎は兄に訴えた。

おくみがいきなり剣一郎の胸にしがみついて来た。

「雨太郎さま」

髪のつばき油の匂いが鼻腔をくすぐった。

剣一郎は戸惑いながら、おくみの肩に手をまわした。微かに震えている。まるで何かに怯えているようだ。

やがて、忍び泣きがもれた。

(なぜ、泣くのだ?)

驚いて、剣一郎は心の内で訊ねた。

明るく振る舞っていたが、ふと見せる寂しげな表情には気づいていた。やはり、おくみは重たい事情を抱えていたのだ。

それが何かはわからない。だが、深い哀しみと、おくみはひとりで闘って来たのだろう。その張り詰めた気持ちが剣一郎の前でいっきに緩んだのかもしれない。

（泣くがいい。気が済むまで泣くのだ）

そういった思いを込めて、剣一郎はおくみの背中をさすった。

しばらく、おくみの肩が上下をしていたが、それも落ち着いてきた。

「ごめんなさい」

おくみは体を離そうとした。だが、剣一郎は手に力を込めて押しとどめた。

「もう少し、このままでいよう」

「はい」

小さく、おくみは答えた。

おくみは膝を崩し、裾が乱れ、白い足が覗いていた。剣一郎には、美しいほどの白い足が哀しく思えた。

それなのに、心地好い時間が流れている。風のない湖面のように、心は穏やかで、安らかな気持ちに浸っている。一方は哀しいのに、一方では平和な時を過ごしていた。

おくみは小田原の人間だという。

どんな事情があって江戸に出てきたのか。この家が誰のものか。訊ねたいことは山ほどあるが、剣一郎はおくみから切り出すまで問わないようにした。

「このまま死んでもかまいません」

おくみが呟くように言った。

「いや。どんなことがあっても死んではだめだ。苦しくても悲しみに堪えられなくとも、生きていなければならぬ」

「はい」

おくみは素直に応じた。

「いまという時を大切にしよう。私にとっても、いまという時間はとても貴重なものだ」

「うれしゅうございます」

「いつか、話せるときがきたら、そなたのことを話して欲しい」

「はい」

おくみは静かに答えた。

部屋の隅から徐々に暗くなってきた。ふたりを闇が包み込んできた。寛永寺《かんえいじ》の鐘が暮六つ（午後六時）を告げている。

そっと、おくみは体を起こした。

「恥ずかしいですわ」

おくみは俯いた。

「いや」

立ち上がり、おくみは行灯に灯を入れた。

仄かな明かりが、涙の跡が残っているおくみの憂《うれ》いがちな顔を浮かび上がらせた。

「すまない」

剣一郎は立ち上がって言った。

ひとり置いて、暖かい家庭に帰ることが、おくみに対して後ろめたいように感じた。

「おくみ。また、来る」

剣一郎はおくみと呼び捨てにした。いまの剣一郎にはおくみにしてあげられることは、馴染《なじ》んだ女のように呼び捨てにすることだけだった。

「はい。お待ちしております」

おくみはうれしそうに言った。

外はすっかり暗くなっていた。格子戸を出たところで、住み込みの娘に出会った。外で時間を潰していたようだ。

「すまなかった」

「いえ」

娘は笑顔で応じた。

剣一郎はふたりに見送られて暗い路地を通りに向かった。

小田原から江戸に何しに来たのか。剣一郎は屋敷に帰り着くまで、おくみのことが頭から離れなかった。

二

翌日、深川の法光寺の墓地での首実検が行なわれた。

寺男や奉行所の小者たちが鍬《くわ》や鋤《すき》などで、藤右衛門と名乗った男の墓を掘り起こした。亡くなってからだいぶ日にちが経っていたものの、季節は晩秋だったので、それほど腐敗は進んでいないと期待したのだが、顔の半分はただれていた。

顔を検めた虎吉は小首を傾げた。

「虎吉。どうだ？」

立ち会った火盗改めの与力山脇竜太郎が低い声できいた。

「へえ、だいぶ面変《おもが》わりしてます。似たような顔の男がいたように思いますが、はっきりしません」

京之進もその声を聞いた。

「似たような男がいたことは間違いないのか」

「へい。このぐらいの年格好の兄貴格の男がおりました。でも、この顔からその男だとはっきり断定することは出来ません」

「そうか」

京之進は落胆したが、すぐ気を取り直して、

「念のために、似ている男の名前を聞いておきたい」

と、虎吉に言った。

「浅間《あさま》の蔵六《ぞうろく》という男です」

「浅間の蔵六か」

「へい」

虎吉はすまなそうに答えた。

「よし。埋めろ」

小者たちに声をかけ、京之進は山脇といっしょに穴から離れた。

「植村どの。残念だった」

「はい。もっと早くに、山脇どのに相談に行けばよかったと反省しております」

京之進は悔やんだ。

「山脇さま。あっしはこれで」

虎吉が山脇に声をかけた。

「うむ。ごくろうだった」

京之進にも会釈《えしやく》をして、虎吉は先に引き上げた。

そのあとをゆっくり歩いて行く。

「あの虎吉は、どうして霞の陣五郎一味のことに詳しいのですか」

急ぎ足で去っていく虎吉の背中を見送りながら、京之進はきいた。

「あの男は篝火《かがりび》の鬼蔵《おにぞう》という盗賊の手下だった。盗賊仲間は横のつながりがあるようだ。鬼蔵と陣五郎は若いころから知り合いだったらしい。いっしょに仕事をしたことがあり、虎吉は一味の連中の顔を知っているのだ。三年前にも、虎吉は鬼蔵といっしょに霞の陣五郎に挨拶に行ったことがあるそうだ」

「挨拶？」

「霞の陣五郎は盗賊の世界じゃ大親分だ。もし、狙った先が霞の陣五郎と同じ場所だったら、たいへんなことになるからな」

「じゃあ、そのとき、鬼蔵一味もどこかに狙いを定めていたのですね」

「そうだ。だから、霞の陣五郎が江戸に来ていると知って、挨拶がてら様子を窺《うかが》いに行ったというわけだ。そのときも何人かの仲間と会ったそうだ」

「なるほど」

京之進は頷いてから、

「思い出しました。鬼蔵一味は確か、火盗改めによって全員斬り殺されたのでしたね」

「そうだ。事前に情報を摑んでいたので、隠れ家に押し入り、手向かった者を斬り捨てたのだ」

山脇は事も無げに言った。

火盗改めのやり方は荒っぽい。怪しいと思えば、どんどん捕らえて、歯向かえば斬り殺してもよいことになっている。

京之進たちはそうはいかない。はっきりした証拠がなければ何も出来ないのだ。ましてや、斬り殺すなどもっての他だ。

「虎吉が唯一の生き残りだ。それから、我らの差口《さしぐち》奉公人になった」

奉行所の同心が使っている岡っ引きと同じように火盗改めもその種の人間を使っているが、岡っ引きとは言わずに差口奉公人という。

「さきのホトケに似たような男が霞の陣五郎一味にいたことは間違いない。だとしたら、霞の陣五郎一味の者として考えたほうがよいかもしれぬな」

山脇が自分自身に言い聞かせるように言った。

確かに、虎吉ははっきりしないと言っただけで、否定したわけではない。いまだに身許がわからず、それに筋違橋で殺された男も霞の陣五郎一味の者に似ているということであれば、藤右衛門と名乗った男も仲間と考えていいかもしれない。

「すると、霞の陣五郎は江戸で盗みを働こうとしているということですね」

京之進は気が立った。

「そうだ。三年ぶりに江戸に舞い戻ったのだ。だが、思わぬことから仲間割れが起きているようだ」

「いったい、何が起こっているのでしょうか」

「わからぬ。仲間の掟《おきて》を破ったための制裁とは思えない」

「盗賊同士の確執ということはありませんか」

「うむ。あり得ないこともないが、その可能性は低いだろう」

山門を出たところで、京之進は山脇と別れた。


二日後の朝、京之進は八丁堀の組屋敷を飛び出し、江戸橋を渡って、伊勢町堀《いせちょうぼり》にやって来た。

伊勢町堀の両側は商人の蔵が並んでいる。京之進は道浄橋《どうじょうばし》を渡った。その橋の袂にひとだかりがしていた。

すでに、死体は岸に上げられていた。

伊勢町堀に死体が浮いていたという知らせを受け、京之進は飛んで来たのだ。

「旦那」

岡っ引きが莚《むしろ》をめくった。

「やっぱし、首筋に小さな穴があります」

京之進が検めると、盆の窪と喉に小さな丸い傷があった。

三十過ぎの男だ。細面《ほそおもて》で眉毛が濃い。顎が尖《とが》っている。堅気の人間とは思えない。

長い時間、川に浸かっていたようだ。殺されてから川に放り込まれたのだ。殺されたのはきのうの夜だ。ちょうど、橋の下だったので、夜ならばひと目につきにくく、発見が遅れたのだ。

「身許がわかるようなものは持ってません」

「こいつは虎吉に検めてもらったほうがいいな」

すると、野次馬のほうから大声で自分を呼ぶ声が聞こえた。

京之進が振り向くと、虎吉が警護の小者ともめていた。

「虎吉。いいところに来た」

京之進は駆け寄り、小者に手を引かせた。

「さっそく、検めてもらおう」

「へい」

京之進は虎吉を死体のそばに連れて行った。

虎吉がしゃがんでホトケを見た。が、すぐに、立ち上がった。

「どうなんだ?」

「間違いありません。この男は豊三郎《とよさぶろう》といって、霞の陣五郎一味の者です。やはり、この前のホトケも陣五郎一味だと考えていいでしょう」

「そうか。ご苦労だった」

「じゃあ、あっしはこれで。山脇の旦那にも報告しなきゃなりませんので」

虎吉が引き上げかけたのを、

「待て、虎吉」

と、呼び止めた。

「もう少し、霞の陣五郎について教えて欲しい。一味は何人ぐらいいるのだ？」

京之進は改めてきく。

「各土地にひとりかふたり、先に送り込んでいます。押込みに関わる者は十五人ほど。忍び込む者、逃走の手助けをする者……」

虎吉が途中で声を止めた。視線の先に、男が見えた。虎吉は鋭い顔つきになった。

男はすぐに姿を隠した。

「どうした？」

「仲間らしき男がいました。すぐに向こうへ行ってしまいましたが」

「一味の隠れ家を探す手掛かりはないのか」

「わかりません」

一瞬、虎吉の目が泳いだのを見逃さなかった。

山脇から、よけいなことは教えるなと命じられているのであろう。霞の陣五郎の件は火盗改めの事件であり、奉行所は関係ないということか。

「そうか。また、教えてもらうことがあるやもしれぬ。そのときにはよろしく頼む。じゃあ、山脇どのによしなに」

「へえ、わかりました。じゃあ、これで」

虎吉は去って行った。これから、火盗改めの役所まで、山脇竜太郎を訪ねるのだろう。

「火盗改めに負けぬ」

京之進は火盗改めとの競い合いに闘志を燃やした。

「この近辺の呑み屋をしらみ潰しにきいてまわるのだ。このホトケを見ていたものを探すのだ」

京之進は岡っ引きに命じた。

なぜ、豊三郎がこの場所で殺されたのか。この近くに豊三郎が訪れた場所があるのだ。呑み屋かもしれないし、情婦の家かもしれない。

おそらく豊三郎はそこからの帰途を狙われたのだ。

平四郎の管轄内の筋違橋の近くで殺されたましらの保蔵、薬研堀で殺された浅間の蔵六、そして伊勢町堀の豊三郎と、霞の陣五郎一味の三人が続けざまに殺された。傷口からみて、同じ下手人であろう。

相当な使い手である。敵対する盗賊の仕業か。

虎吉の話を思い出す。虎吉の親分の篝火の鬼蔵は、霞の陣五郎に挨拶に行ったという。それは、陣五郎のほうが格上だからだが、狙いが重ならないためだ。

つまり、霞の陣五郎の狙っていた押込み先を、他の盗賊が先に押し込むことは許されないのだ。

そういうことがあったら、霞の陣五郎の制裁を受ける羽目になりかねない。

もし、その掟を破って、制裁を受けた盗賊がいたとしたら……。仲間が陣五郎一味のために殺された。生き残った者が仲間のために復讐をしていく。

京之進はそんな筋書きが頭に浮かんだ。

あり得ないことではない。京之進はそう思った。

伊勢町河岸を駆けて来たのは、只野平四郎だ。京之進のそばにやって来て、

「植村さま、まさか、同じ下手人では？」

と、昂《たかぶ》った様子できいた。

「そうだ。同じだ。さっき、虎吉がホトケを検めた。霞の陣五郎一味の豊三郎という男だと言った」

「やはり、霞の陣五郎一味だったのですか」

「そうだ。これで、筋違橋のホトケはましらの保蔵、薬研堀のホトケは浅間の蔵六と考えてよさそうだ」

「仲間割れでしょうか」

「いや。他の盗賊の意趣返しではないかと思っている」

そう言い、京之進は自分の考えを説明した。

平四郎は頷きながら聞き終え、

「すると、まだまだ殺しが続く可能性がありますね」

と、昂奮から声を震わせた。

「ある。だが、霞の陣五郎とて黙って手をこまねいているわけではあるまい。おそらく、どこかに押し込む予定だったのが、これで中止せざるを得なくなった。その恨みは激しいに違いない」

「はい。怒りに打ち震えている霞の陣五郎が想像出来ます」

平四郎は応じた。

「この件では、我ら奉行所は火盗改めに後れをとっている。おそらく、向こうは、霞の陣五郎一味の隠れ家を探し出す手掛かりを持っているようだ。こっちには教えなかったが、虎吉の顔色でわかった」

「たとえ、殺されたのが盗賊でも、下手人を捕まえることは我らの務め。火盗改めに負けるわけには参りませぬ」

平四郎が珍しく目を剝《む》いて言った。

「そうだ。その意気だ」

京之進は頼もしそうに平四郎を見つめ、

「霞の陣五郎一味が押込みをしたのは三年前、芝神明町の仏具問屋に押し入り、主人夫婦から奉公人まで十数人を斬殺し、二千両を奪った。だが、陣五郎は別の商家に狙いを定めていたということも考えられる。だが、そこを別の盗賊が押し込んで仕事をすましてしまった。そこで、急遽《きゆうきよ》、陣五郎は狙いを仏具問屋に変えたという事情があったとしたら……」

「その盗人に制裁を加えたということですね」

「そうだ。その盗人の仲間が復讐をしているとも考えられる」

「当時、大きな押込みが他にあったのでしょうか」

「あった」

京之進は答えた。

「それより半年前、つまり三年半前のことだ。下谷広小路の袋物問屋『丹後屋《たんご》』が襲われている」

奉公人がひとり殺され、七百両が奪われた。盗賊一味は捕まらなかった。

「火盗改めに事件を持っていかれたが、平四郎の前任だった吉野河太郎《よしのかわたろう》どのが、現場に足を運んでいる。吉野どのから話を聞いてみよう」

いま、吉野河太郎は臨時廻りになっている。定町廻りを経て臨時廻りになるので、平四郎と交替するまで、吉野河太郎が定町廻りとして本郷から下谷にかけて歩き回っていたのだ。

「平四郎。そなた、吉野どのに会って、『丹後屋』の件を詳しく聞き出してくれないか。俺は念のために、火盗改めの山脇さまに会って来る」

「わかりました」

山脇は肝心なことは教えてくれないだろうが、それでも何か摑めるかもしれないと、京之進は意気込んだ。

京之進が山脇竜太郎と会ったのは翌日の夕方、須田町にある『立科《たてしな》』というそば屋の二階小部屋でだった。そこは、ときたま京之進が使っている店だ。

京之進が店に入って行くと、白髪《しらが》混じりの亭主が、いらしてますと言った。梯子段《はしごだん》を上がって行くと、女の笑い声が聞こえた。

「遅くなりました」

障子を開けると、山脇が女中を相手に酒を呑んでいた。

「先にやらせてもらっている」

すでに銚子《ちようし》が二本、空になっていた。

京之進は山脇の向かいに座ってから、女中に新しい酒を持って来るように言った。

「山脇さま。お呼び立てして申し訳ございません」

京之進は頭を下げた。

「いや。さあ、そなたも」

山脇は銚子をつまんだ。

「すみません」

京之進は猪口をとった。

「それにしても、霞の陣五郎一味が三人も殺《や》られたのには驚いた」

酌をしながら、山脇はすぐにその話題を出した。

「霞の陣五郎はいま、江戸にいるのですね」

京之進は山脇の顔色を窺うようにきいた。

「おそらく、江戸で一稼ぎするつもりだったのに違いない」

「山脇どのは、今度の件をどう思われますか」

「わからぬ。強《し》いて考えれば……」

そこで言葉を止め、山脇は猪口を口に運んだ。

「強いて考えれば？」

京之進は催促した。

「うむ。襲われた芝の仏具問屋に関わりがあるのかもしれぬ」

「皆殺しにされたということですが」

「主人の弟というのが芝露月町《ろうげつちょう》で商売をしている。その弟が、金で腕の立つ者を雇って復讐をしているということも考えられる」

「腕の立つ者をどうやって探し出したのでしょうか。それに、そういう人間に巡り合ったとしても、その者がどうやって霞の陣五郎一味のことを知り得たのか」

京之進は疑問を口にした。

「そこまではわからん」

一見もっともらしいところもあるが、堅気の人間にそこまで出来るとは思えない。

京之進はいまの山脇の考えには否定的だった。

それより、山脇が本気でそのことを言っているとも思えない。

「仲間割れ、あるいは他の盗賊一味との確執は考えられませんか」

「ちょっと考えられぬな」

山脇は即座に否定した。

「なぜ、ですか」

そのとき、女中が酒を運んで来たので、話は中断した。

酒を置いて、女中が去ってから、山脇が口を開いた。

「仲間割れなど起こるはずはない。霞の陣五郎は絶対的な存在だ。陣五郎に子分が逆らうとは考えられぬ。他の盗賊との確執にしても同じだ。陣五郎に逆らう真似はしまい」

山脇が本気でそう思っているのか疑問だ。

「では、山脇どのはどうお考えですか」

「やはり、被害に遭った家の者の復讐という線が濃いかもしれぬ」

「霞の陣五郎はいくつぐらいの男なんですか」

ふと思いついたことがあって、京之進はきいた。

「五十を過ぎているかもしれぬ」

「もし、霞の陣五郎の身に何か変化が起きたとしたら……」

「変化だと？」

「重い病気に罹《かか》ったら、跡目のことでもめるのではないかと」

「そんなはずはない」

山脇は一段と声を高めた。必要以上に大きな声だ。

「陣五郎一味が絶大な勢力を誇っているのは陣五郎がいるからだけではない。陣五郎の右腕となっている弥九郎《やくろう》という男がいるのだ。万が一、陣五郎が病《やまい》に倒れたら、弥九郎が一味をまとめるはずだ」

いやにむきになった言い方をすることに、京之進は疑いを持った。

そうか、と京之進は合点した。

山脇は、跡目争いによる仲間割れとみているのだ。そのことを、こっちに悟られないように注意を他の理由に向けさせているのだ。

「仲間割れではないということですね」

京之進は相手の顔色を窺うように見た。

「そうだ。絶対にない」

山脇は強調し、手酌で酒を呑んだ。

明らかに、山脇は陣五郎の跡目問題による仲間割れという考えを持っているようだ。しかし、その根拠はどこにあるのか。

陣五郎が重い病気に罹ったらという仮定の話に、敏感に反応した。逆に言えば、陣五郎の病気の可能性を考えているということだ。

ひょっとして、陣五郎には持病があったのではないか。そのことは盗人仲間でも知られていた。当然、虎吉も知っていた。

間違いない。火盗改めは一連の殺しは、陣五郎の跡目争いがあったからと考えているのだ。

そのことに気づかぬ振りをして、

「霞の陣五郎一味が芝の仏具問屋に押し入る六ヵ月前に、下谷広小路の袋物問屋『丹後屋』が襲われましたね」

「ああ、あれか」

山脇は気のない返事をした。

「結局、未解決のままでしたね」

「うむ。その押込みと芝の仏具問屋の押込みだけが、犯人を捕らえられずにいる」

「『丹後屋』に押し入った盗賊の手掛かりは？」

「まったくない。その後、何組かの盗賊を捕らえた際、『丹後屋』の件を問いただしたが、関わった者はいなかった」

京之進の考えは、霞の陣五郎一味の当初の狙いは『丹後屋』だった。だが、他の盗賊に先を越された。そこで、急遽、芝の仏具問屋に狙いを変えた。

だが、そのままで黙って引き下がることなく、先を越した盗賊一味に制裁を加えた。そう解釈したのだ。

念のために、その考えを口にした。

すると、山脇はあっさり否定した。

「考えられぬ。盗賊は押込み先を入念に調べる。何日もかけてな。その上で、実行に移すのだ。下調べのときに、他の盗賊が下調べをしていたら、そのことに気がつくはずだ。そうしたら、どっちかが引き下がる。ことに、相手が霞の陣五郎一味と知ったら、その盗賊はただちに遠慮するはずだ」

「そうでございますか」

京之進は納得したように応じた。

「いや、いま言ったのは、一般論だ。もちろん、中には霞の陣五郎なにするものぞという盗人もいるやもしれぬ。そなたの申すことは必ずしも否定出来るものではない。調べてみる価値はあるやもしれぬ」

「『丹後屋』を襲った盗賊の手掛かりはまったくないのですか」

「残念ながらない。奉公人に怪しい者はいなかった。中からの引き込みではなく、塀を乗り越えて忍び込んでいる。霞の陣五郎は必ず中に仲間を潜り込ませている。芝の仏具問屋には、下男として住み込んでいた仲間が、潜り戸を開けて一味を引き入れたのだ。だが、『丹後屋』にはそのような痕跡はなかった」

「では、やはり、霞の陣五郎は『丹後屋』を狙っていなかったということですか」

「うむ？」

自分の口にした矛盾《むじゅん》に気づいたように、

「いや。奉公人を送り込んでいなかったとしても、霞の陣五郎一味は狙いを定めていた可能性はある」

山脇は苦し紛れの言い方をした。

「霞の陣五郎がどこにいるか、手掛かりはないのですね」

京之進はもう一度きいた。

「まったくない」

山脇は酒を呑んでから答えた。

「いずれにしろ、この先も、霞の陣五郎一味が狙われるだろう。警戒を強めることだ。すっかり、馳走《ちそう》になった」

そう言ってから、山脇は腰を浮かせた。

「山脇さま。今後の探索についてですが」

京之進の言葉を遮り、

「町奉行所と火盗改めでは探索のやり方がまったく違う。お互いのやり方で行くしかあるまい」

山脇は冷たい言い方をした。

「わかりました」

いまにみておれと、京之進は闘争心を燃やした。

山脇が引き上げたあと、京之進は徳利に手を伸ばした。だが、みな空だった。そういえば、話し合いの最中でも、山脇は猪口を離さなかった。

酒がなくなってから、山脇は逃げるように去って行った。苦笑するしかなかったが、収穫はあった。

火盗改めは霞の陣五郎一味に跡目争いで仲間割れが起きているとみているのだ。霞の陣五郎について、奉行所でも何か掴んでいるかもしれない。平四郎と話し合った上でのことだが、やはり、青柳さまに相談してみようと、京之進は思った。

三

翌日、剣一郎が出仕すると、すぐに坂本時次郎《さかもとときじろう》が呼びに来た。剣之助といっしょに見習に上がった男だ。

「宇野《うの》さまがお呼びにございます」

時次郎が弾んだ声で言った。

「うむ。ごくろう」

時次郎の顔を見て、剣一郎はおやっと思った。いつもより明るい顔つきなのだ。

「どうした、時次郎？　何かいいことでもあったのか」

「いえ」

時次郎は俯いた。

「そうか。なにやら、楽しそうに思えた」

「それは……」

時次郎はどぎまぎして、あとの言葉が続かない。

「まあ、よい。では、宇野さまのところに行って来る」

剣一郎は立ち上がった。

年番方与力の部屋に行くと、宇野清左衛門《せいざえもん》がいつものように気難しい顔で小机に向かっていた。

「宇野さま」

剣一郎は声をかけた。

「おう、青柳どの。これへ」

書類から顔を上げ、清左衛門はこっちを見た。

与力の最高の出世所が年番方であり、最古参で有能な与力が務めた。清左衛門は南町一番の実力者であり、お奉行も清左衛門の助けなしではお役目を果たすことも出来ない。

「来てもらったのは他でもない。この二十日ばかりの内に立て続けに起こった殺しの件だ」

「はい」

最初は九月七日の夜、薬研堀で。続いて、筋違橋の近く。そして、伊勢町堀と三件の殺しが相次いだ。

「町年寄からなんとか早く下手人を捕まえて欲しいとの嘆願があった。町の衆が安心して町を歩けないと不安がっているようだ」

町年寄は江戸の町を差配する町人の最高位で、樽屋《たるや》、奈良屋《ならや》、喜多村《きたむら》の三家をいう。町奉行からの命令通達を名主、月行事《がちぎょうじ》に伝える。名字、帯刀を許されている。

「いずれも身許がわからないということでしたが」

「それがわかった」

「そうですか」

「いずれも、霞の陣五郎一味の者らしい」

「霞の陣五郎といえば、東海道沿いを荒し回っている盗賊でございますね。確か、三年前には江戸で押込みをしています」

「そうだ。火盗改めが追っていたが、手掛かりも摑めず今日に至っている。殺されたのは霞の陣五郎一味の者ばかりだと告げても、それはまた別な不安を呼ぶだろう。早く、事件を解決せねばならぬのだ」

清左衛門は居住まいを正し、

「青柳どの。誠にご苦労なことだが、この一件に関わってもらえぬか」

と、頭を下げた。

「宇野さま。どうぞ、頭をお上げください。お役に立てることあらば、いくらでもお力になります。なれど、ちとお願いが……」

「なにか」

清左衛門が訝しげな顔をした。

「じつは、この件は只野平四郎と植村京之進が組んで探索に当たっています。どうか、ふたりから何か言ってくるまでお待ちいただけませぬか。ここで、私がしゃしゃり出て行くことは、ふたりにとって……」

平四郎は長い間、風烈廻り同心として剣一郎の下で働いてきた者であり、京之進は剣一郎に畏敬の念を抱いている者である。

剣一郎がしゃしゃり出ても、ふたりはいやな気持ちを持つことはない。それはわかっているが、こんどばかりは出来るだけふたりに任せたいという思いが強かった。

「あいわかった。それで構わぬ。その心持ちでいてくれればよいのだ」

「はっ」

「話は変わるが」

ふいに清左衛門が声をひそめた。なにやら思い詰めた目だ。

「なんでございましょうか」

「いや、その」

清左衛門が言いよどんだ。

「じつは、うちの奴がな」

「はあ」

清左衛門の歯切れが悪くなった。

「るいどののことだ」

「るいの？」

剣一郎は訝しく相手の目を見た。

「いや。たいしたことではない」

「…………」

「じつは、るいどのに引き合わせたい若者がおると言うのだ」

「引き合わせる？」

それが何のことか、とっさに理解出来なかった。

「まったく、うちの奴は世話好きでな」

「まさか、縁談のことで？」

剣一郎は急に心がざわついてきた。

「るいどのには、もう心に決めた男がおるのか」

「とんでもない」

剣一郎はうろたえながら言う。

言い寄る男も多いようだが、るいに好いた男がいるのか、わからない。そんなことは考えないようにしている。

「るいはまだ嫁には行きたくないと言っているようです」

剣一郎は上擦《うわず》った声で言う。ほんとうに、そうなのかわからない。急に不安が押し寄せた。

「どうなさったな。青柳どの?」

「えっ?」

「顔が引きつっておる。うむ。さすがの青痣与力も娘の縁談となると、並の父親と同じだな。心配いたすな。うちの奴にはうまく断っておく」

「はあ、恐れ入ります」

剣一郎は額に汗をかいていた。

その夜、夕餉をとり終えたあと、剣一郎は部屋にるいを呼んだ。

「父上がお呼びだなんて、珍しゅうございますこと」

向かいに座るなり、るいはにこりと言った。

「うむ。じつはきょう宇野さまの妻女どのから、訊ねられたことがあってな」

「宇野さまの？　まあ、なんでございましょうか」

るいは目をぱちくりさせた。

「るいに似合いの若者がいるが、どうかということだ」

剣一郎はあえて済んだ話を持ち出し、るいの反応をみようとした。その姑息《こそく》さに、忸怩《じくじ》たる思いを禁じ得なかった。

「どうかと仰いますと、縁談ですの？」

「まあ、そういうことだ」

剣一郎はるいの顔色を窺った。

「私はまだお嫁には行きませぬゆえ、父上もご安心ください」

「いや、そういうわけでは……」

剣一郎はしどろもどろになった。

「父は何も」

「兄上からお聞きしました。父上が私のことを心配なすっていると。いまの私は義姉《あね》上といっしょにいるほうが楽しいのです」

「うむ。志乃とはまるで実の姉妹のようだ」

「はい」

志乃といっしょにいるほうが楽しいということも、別の意味で心配だと思ったとき、廊下に足音がして、多恵が顔を出した。

「京之進どのと平四郎どのがお見えになりました」

「なに、ふたりで？」

昼間の宇野清左衛門の話が蘇《よみがえ》った。

「客間にお通しいたしました」

「よし」

たちまち、剣一郎の顔つきが変わったので、るいはくすりと笑った。

「るい、どうしたのですか」

多恵がるいにきいた。

「だって、さっきの父上といまの父上の顔は別人のようなんですもの」

「それはそうだ。父親としての顔と、奉行所与力としての顔が違うのは……」

もうひとつ、雨太郎としての顔があることを思い出し、剣一郎は声が止まった。

一瞬、脳裏を掠めたおくみの顔を振り払い、剣一郎は客間に向かった。

襖《ふすま》を開けると、京之進と平四郎が低頭して迎えた。

剣一郎はふたりの前に腰を下ろした。

「夜分に押しかけましたこと、お許しください」

京之進はまず詫びてから、

「青柳さまにご相談したきことがありまして、平四郎を伴い、参りました」

「聞こう」

剣一郎はふたりの顔を見て言った。

「はっ。例の一連の殺しの件にございます。長い期間、ホトケの身許がわかりませんでしたが、火盗改め与力の山脇竜太郎さまの手を借り、三人とも霞の陣五郎という盗賊一味の者とわかりました」

その経緯を、平四郎は前屈みになって語った。

「霞の陣五郎一味については、我らはほとんど知識がありません。そこで、山脇さまに会って、火盗改めの動きを探ったところ、火盗改めは霞の陣五郎一味の仲間割れと睨《にら》んでいるという感触を得ました」

京之進はさらに前屈みになり、

「霞の陣五郎が病で倒れたとしたら、跡目争いが起きることは考えられます。しかし、霞の陣五郎の身に何かあったとしたら、どうして火盗改めがそのことを知り得たのか。私が思うには、陣五郎に持病があることは盗賊仲間には以前から知れ渡っていた。したがって、他の盗賊から聞いて、火盗改めも知っていたのではないかと思ったのです」

「霞の陣五郎一味については、韮山《にらやま》の代官所から探索の協力依頼を受けたことがある。確か、霞の陣五郎の下に、弥九郎という男がいるそうだ。跡目は当然、弥九郎という男が継ぐはずだが……。ただ、出雲《いずも》の佐吉《さきち》という武士上がりの男もいるそうだ」

剣一郎は跡目争いという考えには懐疑的だった。しかし、陣五郎一味に関する情報は火盗改めのほうが豊富だろうから、こっちの知らない何かがあるのかもしれない。

「青柳さま。いずれにしろ、我らが探索する上では火盗改めとの対立が必定《ひつじょう》でございます。そうなると、我らの力では及びません。どうか、青柳さまにお力を貸していただけないものかと、平四郎と相談し、お願いに上がった次第でございます」

「あいわかった。火盗改めのことは気にせずともよい。何かあったら私が出て行こう。しかし、以前から霞の陣五郎一味を追っている火盗改めと比べたら、我らは絶対的に後れをとっている」

「はい」

「まず、霞の陣五郎一味について詳しく知らねばなるまい。改めて、韮山の代官所に問い合わせをいたそう」

「ありがとう存じます」

「京之進は仲間割れとは思っていないようだな」

「はい。青柳さまのお話をお聞きし、ますます仲間割れではないと思いました」

京之進は自分の考えを口にした。

「霞の陣五郎一味が江戸で押込みをしたのが三年前。芝神明町の仏具問屋に押し入ったのでございますが、それより六ヵ月ほど前に、下谷広小路の袋物問屋『丹後屋』に押込みがありました」

「うむ。覚えている。確か、奉公人がひとり殺され、七百両近く盗まれたと聞いたが」

「はい。私は、霞の陣五郎一味は『丹後屋』に押し入るつもりだったのではないかと思ったのです。ところが、他の盗賊が先に押込みをしてしまった。そのことで、その盗賊と陣五郎一味とはいがみあうようになった。そのことが、今回の事件の遠因としてあるのではないかと」

「なるほど」

「なれど、火盗改めの山脇さまは、下調べの段階で他に狙っている者がいることはわかる。相手が霞の陣五郎一味であれば手を引くはずだと言っていましたが……」

「『丹後屋』の事件は調べたのか」

「はい。平四郎が」

京之進が平四郎に目顔で何か言った。

「植村さまに言われ、当時定町廻りだった吉野河太郎さまに話を聞いて参りました。盗賊は塀を乗り越えて侵入し、土蔵の鍵を破って七百両を奪った。そのとき、物音に気づいて起きて来た下男を刺殺したということです。目撃者はおらず、手掛かりもなく、結局そのままになってしまったということです」

平四郎はさらに続けた。

「おそらく、押込みのあと、その盗賊は江戸を離れてしまったのだと思います」

「京之進の考えでは、先に押し入られた霞の陣五郎一味は狙いを芝神明町の仏具問屋に変更し、その後、『丹後屋』に押し入った盗賊のあとを追ったということになるな」

「はい。『丹後屋』を襲った盗賊は、二度と仕事をしていません。それは、霞の陣五郎一味の制裁を受けたからではないでしょうか」

　在所で殺されたが、江戸には伝わってこない。そう京之進は考えたようだ。

「その盗賊の生き残りが霞の陣五郎一味に復讐をはじめている。確かに、京之進の考えも悪くない」

　剣一郎は平四郎を見た。

「平四郎はどうだ?」

「はい。私も、植村さまの考えと同じでございます。ただ、下手人は霞の陣五郎一味のことに相当詳しいようです。一味の顔を知っているわけですから。そう考えると、敵対する盗賊はもとは霞の陣五郎一味にいた人間ではないかとも考えました」

「うむ。平四郎の考えも一理ある。ふたりとも、よく見極めている」

　剣一郎はふたりを褒めた。

「恐れ入ります」

「探索に関しては、私の出番を必要としないようだ。ただ、火盗改めとのことで問題が生じたとき、私が出て行こう」

「はい。ありがとうございます」

「復讐だとしたら、まだ殺しが続くはずだ。あるいは、霞の陣五郎一味の反撃もあるだろう。そういった点にも注意をして、探索を続けるように」

「承知いたしました」

ふたりはほっとしたように顔を見合わせた。

「平四郎。どうだ、子どもは健《すこ》やかに育っているか」

「はい。おかげさまで」

平四郎の父親が亡くなった日に、平四郎の妻女は子を産んだ。父の生まれ変わりだと、平四郎はしんみり喜んでいた。

「京之進のところは大きくなったろう」

「はい。今年、七歳になります」

「では、七五三か」

「はい」

京之進は顔を綻《ほころ》ばせた。

剣一郎は剣之助とるいの幼い日のことを思い浮かべた。庭でふたりが遊び、剣一郎は濡縁に腰掛けて眺めている。遠い日の風景がくっきりと脳裏に蘇る。

だが、庭で遊んでいるふたりはいつの間にか、兄と剣一郎になった。兄と相撲《すもう》をとっていた。何度も投げられては、剣一郎は兄に突進していった。

やがて、兄の顔がおくみに変わった。

「それでは我らはこれで」

京之進の声に、剣一郎は我に返った。

その前から何か言っていたようだが、耳に入らなかった。だが、ふたりの顔色に不審の色がないので、安心した。

「引き止めまい。まだ、屋敷に帰っていないのであろう。早く帰ってやれ。子どもも待っていよう」

まだ、羽織に着流しという姿だ。屋敷に帰らず、直《じか》にここに来たのだと思った。

「恐れ入ります」

ふたりは低頭した。

剣一郎は居間に戻ったが、すぐ濡縁に出た。

冷たい夜風に当たったとき、自分の顔が火照《ほて》っているのがわかった。

夜目に菊の花が微かに浮かんで見えた。いったん、浮かんだおくみの顔が消えずにいた。が、近寄って来る足音が多恵だと気づいたとき、さっとおくみへの思いを消していた。

四

翌日。只野平四郎は下谷広小路の袋物問屋『丹後屋』にやって来た。

三年半前、盗賊が押し入り、下男を殺し、七百両を奪ったのである。平四郎は『丹後屋』の裏にまわり、忍び返しのついた塀を眺めた。

押込みにあったあとに作ったもので、以前は忍び返しはなかったのだ。土蔵を眺めてから、平四郎は表通りに戻った。

店に入って行き、番頭に主人に会いたいと申し入れた。

主人に知らせる前に、番頭は平四郎を店の脇にある小部屋に通した。定町廻り同心の来訪に、ただならぬものを感じたのだろうか。

小部屋で待っていると、羽織姿の大柄な男がやって来た。丁寧に辞儀をしたが、白髪混じりの頭髪が僅かに残っただけの頭が丸見えになった。

「『丹後屋』の徳兵衛《とくべえ》にございます。きょうはごくろうさまでございます」

「私は定町廻り同心の只野平四郎と申す。吉野河太郎に代わって、この界隈を受け持っている」

「さようでございますか。いままでは、吉野さまが見廻りをしておられましたが、お代わりになられたのですか」

「これからは、私が見廻りをすることになる。よろしくお願いする」

「こちらこそ。どうぞ、よろしゅうお願いいたします」

徳兵衛は如才なく応じる。

「三年半前、こちらは盗賊の被害に遭われたということだが？」

平四郎は切り出した。

「はい。七百両が奪われました」

「侵入は塀を乗り越えたというが？」

「さようでございます。戸締りはしっかりしていたのですが、まさか塀を乗り越えて来るとは思いませんでした」

「土蔵の鍵はどうした？」

「鍵はとられません。賊は、鍵なしで錠前を開けたようでした」

「なに、錠前を破ったということか」

「はい」

霞の陣五郎一味のやり口は豪胆だ。押込み先の主人を威《おど》して鍵を奪い、土蔵を開けている。そのあとで、皆殺しにするのだ。

手口が違う。


「下男が殺されたそうだな」

「はい。物音に気づいて出て行ったところを匕首で刺されました。真面目な男だったので、残念でなりませぬ」

「その下男の身許は確かだったのか」

「はい」

下男が霞の陣五郎一味の者で、とうに潜り込んでいたものというのが、京之進の考えだ。平四郎もその可能性が強いと思っている。

その下男は思わぬ押込みがあってあわてた。それで、騒ぎだそうとしたが、その前に殺されたと考えることが出来る。

「金を奪われたとわかったのはいつだ？」

「明け方でございます。女中が庭に出て、倒れている下男を見つけて大騒ぎになったのでございます」

そこまで言ってから、徳兵衛はじっと平四郎の顔を見つめ、

「何か手掛かりでもあったのでしょうか」

と、気負ったようにきいた。

「いや。そうではない。ただ、未解決の事件の詳細を知っておきたいと思ったのだ」

「さようでございますか」

少し落胆したように、徳兵衛は俯いた。

「その後は何も変わったことはないのだな」

「はい。ございません」

「わかった」

「只野さま」

徳兵衛がやや声をひそめ、

「神田祭の夜に殺された男の身許はわかったのでございますか」

と、きいた。

「わかった。霞の陣五郎という盗賊の仲間で、ましらの保蔵という男だ」

「ひょっとして、その盗賊が私どもに押し入ったのでは？」

「いや、手口が違う。霞の陣五郎一味は荒っぽい。血を見るのはひとりやふたりではない。ところが、ここに押し入ったのは錠前破りだ」

「はい」

徳兵衛は素直に納得したようだった。

「では、また何かあったら訊ねるかもしれぬ」

そう言い、平四郎は座を立った。

平四郎は下谷広小路から筋違橋までやって来た。

ましらの保蔵は仲間と連れ立って歩いていたのだ。神田祭の宵であり、神田明神からの帰りだったのかもしれない。

ふたりは筋違橋を渡ってどこまで帰るつもりだったのか。

それより、下手人はどこからましらの保蔵をつけていたのか。まさか、神田明神で偶然見かけたわけではあるまい。祭の雑踏の中で、出会うことはほとんど不可能だ。

そうだ。ましらの保蔵と連れの男は神田明神からどこかへ帰るのではなく、隠れ家からどこかへ移動する途中だったのではないか。

下手人は隠れ家からつけて来たのだ。

薬研堀で殺された浅間の蔵六はどこへ帰ろうとしていたのか。駕籠を使わず、船でもない。歩いて行ける場所だ。

藤右衛門と名乗った蔵六は神田多町一丁目に住んでいると言っていたが、実際は保蔵たちと同じ家に住んでいたのではないか。

それは、保蔵たちの動きからみて外神田だ。あの人ごみの中を下手人は尾行してきた。長い距離ではない。

この周辺のどこかに隠れ家があったのだ。

「久助」

平四郎は岡っ引きの久助に声をかけた。

いきなり呼ばれたので、久助は何事かと緊張した顔を向けた。

「ましらの保蔵の隠れ家はこの近くにあったに違いない。神田祭の宵だから、てっきり神田明神の帰りかと思ったが、違うのではないか。隠れ家からどこかへ向かう途中だったんだ」

平四郎は自分の考えを説明した。

「なるほど」

久助は合点が行ったようだ。

「ひょっとしたら、おかしらの陣五郎のところに向かおうとしていたのかもしれませんね」

「そういうことだ」

平四郎は昂る気持ちを抑え、

「よそ者が潜《もぐ》り込めそうな場所を探すのだ。いや、もともと江戸にいる仲間の家かもしれぬな」

霞の陣五郎ほどの盗賊だ。江戸の何ヵ所かに、手下をふつうの町人として住まわせている可能性がある。

そうなると、ふつうの商家かもしれない。しかし、よそ者が出入りをしても不審に思われないところだ。

そういうところはどこか。

平四郎と久助は神田明神から湯島天神に足を向けた。

その参道を横切った男がいた。

「虎吉ですぜ」

確かに、火盗改めの手先の虎吉に違いなかった。その虎吉が首を傾げながら参道に戻って来た。

「虎吉」

平四郎は声をかけた。

「これは、南町の旦那で」

虎吉はいやな顔をした。その顔つきで、霞の陣五郎一味の隠れ家を探索しているところだと察した。

「こんなところで何をしているのだ？」

「別に」

「虎吉。隠すことはあるまい。我らも、この界隈に陣五郎一味の隠れ家があると睨んでいるのだ」

「………」

「どうだ、何か摑んだのではないのか」

「ちっ。旦那には敵わねえ。じつは、出雲の佐吉らしき男を見かけ、あとをつけたが見失っちまったんですよ」

「出雲の佐吉だと？　武士の出だという男か」

「ご存じで？」

「うむ」

先日、青柳さまから聞いたばかりだと言う必要はなかった。

「で、確かに佐吉だったのか」

「それが横顔だけだったので、はっきりしねえんです。それで、追いかけて確かめようとしたのですが……」

虎吉は残念そうに言ってから、

「じゃあ、あっしは急ぎますんで」

と、逃げるように去って行った。

やはり、隠れ家がこの近くにあるのだと確信した。


夕方になって、平四郎は須田町にあるそば屋『立科』の二階に上がった。京之進が火盗改めの山脇竜太郎を誘った場所だ。

この店で、夕方京之進と落ち合うことになっている。

平四郎のほうが先に着いた。女中が注文をききに来た。

「茶をもらおう」

平四郎は酒好きだが、京之進を差し置いて酒を呑むわけにはいかなかった。

四半刻（三十分）後に、京之進がやって来た。

疲れたような顔は何の成果もなかったことを物語っているようだった。

「いかがでしたか」

それでも、平四郎はきいた。

果たして、京之進は首を横に振った。

「伊勢町堀界隈で、豊三郎を見かけた者はいなかった。どこか別な場所からはじめて伊勢町堀にやって来たのかもしれない。だとすると、伊勢町堀周辺に何があったのか」

「単に通過しようとしただけでは？」

「おそらく、そうかもしれぬな。だが、どこへ行こうとしたのか」

「ましらの保蔵と仲間は、同じ場所に向かおうとしていたのではないでしょうか」

平四郎は前屈みに身を乗り出し、

「いままで、ふたりは神田明神からの帰りかと思っていました。しかし、あの連中が神田祭に酔っていたとは思えません。隠れ家からある場所に向かうところだったのではないでしょうか」

「…………」

「猿田彦の面をかぶった男は、その隠れ家からふたりのあとをつけたのではないかと思うのです」

平四郎は自分の考えを話した。

「なるほど」

顎《あご》に手をやって、京之進は慎重に考えながら、

「確かに、浅間の蔵六も薬研堀の料理屋から歩いて隠れ家に帰っていたようだ。同じ隠れ家に帰った可能性はある」

「はい。つまり、ましらの保蔵が隠れ家から向かった先は、霞の陣五郎の隠れ家ではありませんか」

「平四郎。よくぞ、考えた」

自分の考えを認められて、平四郎は意を強くして続けた。

「豊三郎も霞の陣五郎の隠れ家に向かうところだったと思うのです。つまり、霞の陣五郎の隠れ家は伊勢町堀から筋違橋の間のどこかにあるのではないでしょうか」

「うむ。間違いない。陣五郎一味は二十名近くいる。何カ所かに隠れ家を持ち、分散して暮らしているのだ」

「ただ、下谷から本郷にかけて、ましらの保蔵の隠れ家を探索しているのですが、複数の人間が怪しまれずに出入り出来る家に見当がつきません。空き家では、隣近所の目があるでしょうし……」

平四郎は少し弱音を吐いた。

「霞の陣五郎のことだ。江戸に何人か仲間を住まわせているのに違いない。だから、その家はふつうの商家を装っている可能性がある」

京之進はまた顎に手をやった。何か閃《ひらめ》きかけているのだと思った。

京之進が顎から手を離した。

「何人もの男が出入りをしても怪しまれない家は湯島界隈にある」

「どこですか」

平四郎はきいた。

「曖昧宿《あいまいやど》だ。湯島天満宮《てんまんぐう》付近には陰間《かげま》茶屋などがあるが、曖昧宿も密かに営業している。そのひとつに、陣五郎の手下がやっている店があるかもしれない」

「そこだ。そこに違いありません」

平四郎は覚えず叫ぶように言い、

「じつは、火盗改めの手先の虎吉がその界隈で出雲の佐吉に似た男を見失ったそうです。佐吉は隠れ家に消えたのに違いありません。さっそく、明日からその辺りを調べてみます」

と、意気込みを見せるように拳を握り締めた。

「俺は霞の陣五郎の隠れ家を探してみる。たぶん、さりげなく商売をしている家だ」

そう言ったが、困難を感じているのか、京之進の顔は曇っていた。

隠れ家の主人は市井《しせい》に溶け込んで、ふつうに暮らしている人間に違いない。それより、陣五郎の顔も知らないのだ。

何を手掛かりに探せばいいのか。その思案に余っているのかもしれない。

梯子段を駆け上がる足音がした。女中のものではない。

「植村の旦那。よろしゅうございますか」

息せき切った声が聞こえた。

「うむ、入れ」

京之進が手札を与えている岡っ引きの与吉の手先だった。

障子を開けて顔を覗かせ、平四郎に会釈をしてから、

「また、殺しです」

と、告げた。

「どこだ？」

「浜町堀《はまちょうぼり》です。千鳥橋《ちどりばし》の下で見つかりました」

すでに、京之進は腰を上げていた。

平四郎も立ち上がった。

すでに外は暗くなっていた。与吉の手先を先頭に、浜町堀まで走った。

空は曇っていて、星もなく、浜町堀は闇に包まれていた。その闇の奥に、提燈の明

かりが浮かんでいた。

千鳥橋に、与吉が待っていた。

「旦那」

「ごくろう」

死体はすでに岸に上げられて莚をかぶせられていた。

平四郎も京之進といっしょに亡骸《なきがら》を見た。提燈の明かりがホトケを照らす。四十ぐらいの男だ。

傷口が何ヵ所もあった。平四郎は小首を傾げた。今までの殺しとは違うような気がしたのだ。

「これは」

京之進が驚愕したような声を出した。

「何か」

平四郎は啞然《あぜん》としている京之進の横顔を見つめた。

「この男は虎吉だ」

「虎吉？」

平四郎はもう一度、顔を見つめた。

昼間会ったばかりの虎吉の顔を思い出し、平四郎も虎吉だということを認めた。

「………」

平四郎はすぐに声が出せなかった。

「この傷からみて、今までの下手人とは別だ」

「出雲の佐吉の仕業に違いありません。虎吉は佐吉のあとをつけていたのです」

平四郎は言う。

「霞の陣五郎一味も、自分たちの仲間が次々と殺されていっていることから、ぴりぴりしていたはずだ。そんなときに、虎吉が探っているのを見つけたので、始末してしまったのだろう」

京之進は与吉に向かい、

「誰かを、駿河台の火盗改めの屋敷に走らせてくれ。与力の山脇竜太郎どのに知らせるのだ」

「へい」

与吉がすぐに応じた。

京之進は橋のほうに向かった。平四郎もあとを追う。

「この界隈に霞の陣五郎の隠れ家があるのかもしれない。だが、虎吉が死んだいま、陣五郎の顔を知っている者はいない」

橋の袂に立ち、伊勢町堀に続く町並みを眺めながら、京之進は呟いた。

これで四人が死んだ。盗賊同士の対立か、仲間割れかはともかく、悪党の同士討ちの感があり、このままでは霞の陣五郎一味は当分押込みは出来ないはずだ。

だが、町の衆にとっては四人の男が殺されたという事実に恐れおののくばかりだろう。

早く、事件を解決せねばならぬのだと、平四郎は暗い町並みを眺めながら気を引き締めた。

五

翌日の午後、剣一郎は長谷川四郎兵衛《はせがわしろべえ》に呼ばれ、宇野清左衛門とともに、内与力の部屋に向かった。

この時間だと、お奉行は下城し、すでに奉行所に帰って来ているはずだ。そのことと、用向きの内容は無関係ではない。

用部屋の隣の部屋で清左衛門と並んで待っていると、渋い顔をして、四郎兵衛がやって来た。

内与力というのは、奉行所内の与力ではない。お奉行が赴任するときに自分の股肱《ここう》と頼む家来を連れて来て内与力として置いている。お奉行の家来だから、お奉行が任を解かれたら、いっしょに引き上げてしまうのだ。それより、お奉行の威光を笠に着て威張っているのが困る。手当ても十分にとっている。

そんな内与力のあり方に疑問を呈した剣一郎が憎くてならないらしく、四郎兵衛は露骨に剣一郎に難癖をつける。

四郎兵衛は目の前に腰を下ろした。

そして、少しいらだったように扇子《せんす》を握り直した。

「きのう、浜町堀でひとが殺されたそうだの。この二十日ほどの間に、これで四人も殺されたというではないか」

やはり、四郎兵衛の用件はこのことだった。

「宇野どの。いったい、奉行所の人間は何をしておるのか。きょう、お奉行は北町奉行とどども、ご老中より尻を叩かれたそうだ」

「はっ、申し訳ござらぬ」

「謝って済む問題ではない。青柳どのは、いままで何をなさっていた？」

意地悪そうな目を向けて、四郎兵衛は口許を歪めた。

「長谷川さま。青柳どのは風烈廻りであり、掛かりが違いますゆえ……」

「おや、異なことを承《うけたまわ》る。これまでにも、いろいろな事件に首を突っ込んでおいでではなかったか」

「それは特別な場合にて」

清左衛門は言い訳をした。

「では、四人もの男が殺されたというのに、青柳どのはのほほんと見て見ぬ振りをしていたとでも言うのか」

「申し訳ございません」

剣一郎は逆らわずに低頭した。

「聞けば、殺されたのは盗賊の仲間らしいが、幕閣では町奉行所には期待出来ぬ。火盗改めに頼るしかないという声もあるそうだ」

四郎兵衛は眦《まなじり》をつり上げ、

「よいか。なんとしてでも、南町でこの事件を解決せよ。火盗改めに負けてはならぬ。よいか」

「畏まりました」

剣一郎は素直に応じた。

「宇野どの。さっそく、青柳どのに特命を与えよ。以上だ」

清左衛門の返事も聞かず、四郎兵衛は一方的に話を打ち切って立ち上がった。

低頭して見送ってから、剣一郎は清左衛門といっしょに年番方の部屋に戻った。

「まことに困った御仁だ。お奉行が老中に何か言われたと言っては、我らに文句をつける。わしに何も言えないものだから、青柳どのをわざわざ呼び出して当たるのだ」

清左衛門は口をひん曲げたが、

「しかし、これで長谷川どのの御墨《おすみ》付きをいただいたも同然。青柳どの。頼みいる」

京之進と平四郎からも相談を受けており、もはや、剣一郎も首を突っ込むことに抵抗はなかった。

同心部屋に使いを出し、京之進と平四郎への伝言を頼んだ。小者が外に出ているふたりに言伝《ことづ》てを届けるはずだ。

ふたりが奉行所に戻って来たのは、夕方だった。

剣一郎は年寄同心詰所に京之進、平四郎の他に臨時廻りの吉野河太郎、そして、隠密廻りの作田新兵衛《さくたしんべえ》を集めた。

「揃《そろ》ったな」

剣一郎は四人の顔を順次眺めて口を開いた。

「霞の陣五郎一味に絡む一連の殺しが幕閣で問題にされたらしい。町の人びとからすれば、盗賊の仲間が殺されたことより、四人の男が殺されたという事実のほうが重いのだ。いまだに下手人が捕まらないことに、ご老中もいらだちを隠せないのだろう。そのことはともかく、これからも陣五郎一味への襲撃が続くだろう。だが、なんとしてでも、これ以上の殺しを許してはならない」

剣一郎の言葉に、四人は緊張した顔で聞き入る。

「この件では、火盗改めが動いているが、きのうの殺しで犠牲になったのは火盗改めの密偵を務めていた男らしいな」

剣一郎は京之進を見た。

「はい。虎吉という男です。もと盗賊の仲間で、以前に霞の陣五郎一味と接触したことがあるそうで、他の三人のホトケの素性は虎吉によって明らかになりました」

京之進が答える。

「ならば、火盗改めはやっきになって探索を進めるだろう。承知のように、火盗改めは疑わしい者は容赦なく捕まえ、拷問にかけてまで自白を迫る。この強引なやり方が許されている。今度の場合は、むきになっているだろうから、無関係な人間が犠牲になる可能性がある。そんな犠牲者を出さないためにも、この事件は我らで解決をしなければならない」

剣一郎は一同を鼓舞してから、

「では、これまでの事件の経緯を報告してもらいたい」

と、京之進に目を向けた。

「はっ」

京之進は一礼し、薬研堀にて骨董商の藤右衛門と名乗る男の死体が発見されたことから、その名前が出鱈目《でたらめ》であり、身許を調べている最中に、神田祭の宵の日にふたり目の犠牲者が出たと続けた。

剣一郎は一度、報告を受けているが、吉野河太郎と作田新兵衛ははじめて聞くことだった。

京之進は伊勢町堀の殺しの件と、最後に浜町堀で火盗改めの密偵虎吉が殺されたことを話して、事件の経緯の説明を終えた。

「ごくろう」

剣一郎は吉野河太郎と作田新兵衛に向かい、

「何か感想はあるか」

と、きいた。

「最初の三人は霞の陣五郎一味の者だというのは、密偵の虎吉が言ったことだそうですが、そのことに偽《いつわ》りはないのでしょうか」

作田新兵衛がきいた。

「京之進、平四郎、どうだ？」

剣一郎は答えを促した。

「間違いないと思います。死体を検めたときの態度から、虎吉が嘘をついているようには思えませんでした。虎吉がはっきり霞の陣五郎一味だと言い切ったのは三人目の伊勢町堀の死体を見たときです。そのことからも、嘘をついているとは思えません。また、死体の身許がわからない以上、そのことを信じるしかないと思いました」

京之進は説明した。

「なるほど」

新兵衛は答えた。

「只野どのは、下谷広小路の袋物問屋『丹後屋』の押込みのことを気にしていたが、霞の陣五郎一味とどう関係しているのか」

吉野河太郎が平四郎に顔を向けた。

「はい。盗賊同士の諍《いさか》いを考えたのです。『丹後屋』を霞の陣五郎一味が狙っていた。だが、別の盗賊が先に押し入った。そのことに憤《いきどお》った陣五郎一味が盗賊に制裁を加えた。その盗賊の生き残りが陣五郎一味に復讐をしているのではないかと考えました」

「その根拠は？」

「『丹後屋』の押込みでは下男だけが殺されています。この下男こそ、霞の陣五郎が送り込んでいた仲間で、引き込み役だったのではないかと。いま、この下男の身許を調べているところですが、はっきりしません」

「なるほど」

その他、京之進から、火盗改めは跡目争いによる仲間割れとみているということを話した。

「最後に、今までの探索状況を話してもらおう」

剣一郎は京之進を促した。

「霞の陣五郎一味は二十名近くいるそうです。江戸に、隠れ家が何カ所かあり、一味の者は分散して仮住まいしているものと思われます。その隠れ家ですが……」

京之進はその可能性のあるところを幾つか挙げ、そこを中心に調べているが、まだ発見出来ていないと答えた。

「事件について理解出来たと思う。京之進と平四郎はそれぞれ隠れ家の探索、河太郎には小伝馬町《こでんまちょう》の牢屋敷にいる盗人や代官所などから、霞の陣五郎一味についての情報を得てもらいたい。新兵衛は、火盗改めの動きを探ってもらいたい。我々より、霞の陣五郎一味の情報を豊富に持っているはずだ」

「畏まりました」

みなは口々に答えた。その口調には意気軒昂《いきけんこう》たるものを感じながらも、どこかに前途の多難さを覚悟しているような悲壮感があった。

霧の中を踏み込んで行くような困難を思いながら、剣一郎はやらねばならぬのだと自分自身に言い聞かせた。


翌日の朝、剣一郎は編笠をかぶって出かけた。

事件の探索は同心の役儀であり、与力は事件に関わることはない。特命を受けての探索では、与力としてではなくひとりの侍として立ち向かうというのが、剣一郎の姿勢であった。

剣一郎はまず、薬研堀に向かった。殺しのあった現場を見ておくためだった。が、その前に京橋を渡って、伊勢町堀にやって来た。道浄橋の袂に立ち、堀を見た。あの辺りだろうと、この堀に浮かんでいた豊三郎という男のことに思いを馳せた。

京之進や平四郎が言うように、豊三郎はかしらの陣五郎の隠れ家に向かう途中か、あるいはそこから出て来たところだったという見方は正しい。剣一郎も、この日本橋北から内神田、そして浜町辺りに霞の陣五郎の隠れ家があると思った。

だが、肝心な霞の陣五郎の顔はわからないのだ。また、一味の顔もわからない。

剣一郎は浜町堀の千鳥橋にやって来た。ここで、火盗改めの密偵虎吉が殺された。他の三人と手口が違う。この理由も、手を下したのが霞の陣五郎一味だという京之進と平四郎の考えも当たっているだろう。

ここで虎吉が殺されたことを考えると、陣五郎の隠れ家はこの界隈にある可能性は高い。後追いで調べてみても、京之進と平四郎の探索は確かなものだ。ふたりはよくやっていると剣一郎は満足した。

だから、よけいにふたりの功績が実を結ぶようにしてやりたい。剣一郎はその思いで、薬研堀へと足を急がせた。

ゆっくり、雲が広がって行く。陽が翳った。朝方、あれほど晴れ渡っていた空に雲が張り出していた。

薬研堀にかかる元柳橋の袂に着いた。ここで、骨董商の藤右衛門と名乗っていた浅間の蔵六が殺された。ここで最初の殺しがあったのだ。

蔵六は料理屋を出て、歩いて隠れ家に帰るところを襲われたのだ。蔵六の隠れ家が湯島天満宮界隈にある曖昧宿ではないかという見当はいいところを突いている。

剣一郎は両国広小路を突っ切り、浅草橋を渡って左衛門《さえもんが》河岸《し》を通り、神田川沿いを筋違橋の袂までやって来た。

神田祭の夜、仲間と連れ立って歩いていたましらの保蔵は猿田彦の面をかぶった男に脅迫されて橋を渡らず、暗がりに誘い込まれ殺された。これも、平四郎の睨《にら》んだとおりだと剣一郎は思う。

隠れ家から霞の陣五郎の隠れ家に向かう途中を襲われたのだ。

空はさらに暗くなっていた。剣一郎は湯島天満宮に向かった。

明神下に出て、途中左に曲がり、妻恋《つまこい》坂を上がり、湯島天神の参道に出た。茶屋などの立ち並ぶ参道の裏にまわれば、春をひさぐ女たちのいる曖昧宿がいくつかある。

だが、その中に霞の陣五郎の手下がやっているる家があったとして、それを見分けることは出来ない。そういう家にはこっそり男の客が出入りをしており、そういう客に紛れれば、怪しまれずに出入りが出来る。

曖昧宿の探索は平四郎に任せてあるが、仲間が殺されたことで、隠れ家を変えた可能性が強いだろう。

湯島天神の鳥居を潜る。境内に参詣客が多い。剣一郎は男坂に向かう。不忍池が望め、ふいにおくみの顔が脳裏を掠めた。

だが、すぐに振り払い、男坂を下る。

矢場や水茶屋が並ぶ中を、剣一郎は素通りする。幾多の遊客がうろつくこの界隈を自由に霞の陣五郎一味の者が歩いていたことだろう。あの殺しがあるまでは……。

雨雲が張り出していた。雨になりそうだ。剣一郎は、下谷広小路の袋物問屋『丹後屋』の前にやって来た。

この『丹後屋』を霞の陣五郎一味も狙い定めていたという京之進や平四郎の考えはあながち否定出来ないが、他の盗賊が先に押し入ったという偶然があるかどうか。剣一郎は、そのことの判断がまだついていなかった。

『丹後屋』の前を素通りして、不忍池から流れ出る川にかかる三橋の手前から引き返そうとしたとき、ふいにおくみの顔がまたも脳裏に浮かんだ。この先におくみの家があることを思い出したのだ。

心が惹かれた。だが、探索の途中だ。そう自分に言い聞かせたとき、冷たいものが顔に当たった。

雨がぽつりと落ちて来た。はじめて逢った日も雨だった。

雨太郎さま……。ふいに、おくみの声が聞こえたように思えた。何か助けを求めているのではないか。

迷った末に、剣一郎は三橋を渡り、不忍池のほうに道をとった。

おくみの家の土間に入ったとき、奥から出て来たおくみは一瞬に喜びに満ちた顔になった。そういう表情の変化に気がついたのは、出てきたときの表情が悲しみに沈んでいたからだ。

部屋に落ち着いてからも、剣一郎はそのことに触れずに、

「とうとう降ってきた」

と、庭に目をやった。

庭木に雨が打ちつけていた。はじめて逢ったときより、さらに冷たい雨だ。

酒を出そうとするおくみを制し、茶だけを馳走になった。

「雨太郎さま。お願いが」

おくみは思い詰めたような目を向けた。

「なんでも申してみよ」

「自分のことを隠して雨太郎さまにお会いするのが、もう堪えきれなくなりました。どうか、私の話を聞いていただけますでしょうか」

「もちろんだ。そなたが、話してくれるのを待っていたのだ」

剣一郎はやさしい目を向けた。

「ありがとうございます。ただ、私のすべてをお聞きになっても、私を嫌いにならないでいただきたいのです」

「嫌うわけはない」

剣一郎はきっぱりと言った。

「もうひとつお願いが」

「なんだ？」

「私のことを知っても、雨太郎さまはご自身のことはお話しくださいませぬように。私の前では、どうか雨太郎さまでいてくださいませ」

「わかった」

はかない笑みを浮かべ、

「よかった」

と、おくみは呟くように言った。

それから、俯き、何から話すか思案しているようだったが、ようやく顔を上げた。

だが、すぐに言葉は出ず、ため息をついた。そういったためらいを三度ほど繰り返したあと、やっと口を開いた。

「はじめてお逢いした日、そう、あの雨の降る中、わざわざ弁天さまにお参りに行ったのは、あのときが満願の日だったからです」

おくみは恥じらいながら言った。

「満願？」

剣一郎は目を瞠《みは》った。

期限を定めて毎日お参りをし、何かの祈願する。その満願の日に、剣一郎と出会ったということになる。

「じつは、弟を探しているのでございます」

「弟を？」

「はい。私たち姉弟は病気の母とともに小田原のご城下で暮らしておりました。弟の正助《しょうすけ》は飾り職人でした。親方のところから独立しましたが、あまり注文はありません。そんなとき、旅のお方がふらりと入って来て、江戸に出ないかと弟を誘ったのです」

「旅の者か」

「はい。江戸の商人で、小間物屋の時右衛門《ときえもん》というお方でした。江戸の自分の店で仕事をしないかと言われたそうです。仕事の注文は、そのお方がとってくる。いまより、もっとお金になると言われ、正助は、ついその気になってしまったのです」

おくみは眉根を寄せて、

「それから、そのお方と江戸に出ました。それが五年前のことです。その一年半後に正助からお金が届きました。五両です。それから、また半年後に五両」

飾り職人は簪《かんざし》や袋物の金具、刀の鍔《つば》などの金、銀、鉄などに装飾をする仕事だ。だが、一年半で五両を稼ぐなど不可能であろう。ましてや、その半年後にもう一度五両など、尋常ではない。

「元気にやっていると安心したものの、送ってくるお金が大金なもので、ちょっと心配しておりました。でも、そのお金で母のために高価な薬を手に入れることが出来、喜んでいたのです。ところが、それから、ぷつりと音信が途絶えてしまったのです」

おくみは涙ぐんだ。が、すぐに持ち直して続けた。

「今年の春先に、母が正助のことを気にかけながら亡くなりました。母の死も知らないはずです。どうしても、正助に会いたくて、思い切って江戸に出て来たのです」

おくみは事情を語ったが、まだ自分のことは話していない。

「で、この家は？」

剣一郎がきくと、おくみは少しびくっとしたように体をすくめた。私を嫌いにならないでいただきたいのですと言った。やはり、口にすることが出来ないのかもしれない。

「いや。無理に話さなくともよい」

剣一郎はいたわるように言った。

「いえ、聞いていただきとうございます」

おくみは自分自身を奮い立たせるように言った。

剣一郎は静かに頷いた。

「弟からの音信が途絶えたあとも私は料理屋で働いておりましたが、母の病はいっこうによくならず……」

おくみは言いよどんだが、蒼白になった顔を向け、

「母の薬代などが嵩《かさ》み、働いても働いても追い付かず、小田原で豪商と言われている

『伊豆屋《いず》』の旦那の世話になりました」

おくみの目に涙が滲《にじ》んだ。

やはり、妾《めかけ》になっていたのだといたわしく思った。

「そんなことは気にせずともよい。約束したはずだ。何を聞いても、私の気持ちは変わらない」

剣一郎は気を引き立てるように言った。

「私は旦那にわけを話し、三カ月間の猶予をいただき、江戸に出て来たのです。下谷にいる旦那の知り合いを訪ねて、その世話でこの家を借りました」

「そういうわけだったのか」

「江戸に出てひと月ばかり、ほうぼうの小間物屋さんや飾り職人の親方を訪ねました。でも、見つかりません。子どもの頃、正助はとても泣き虫でした。いつも私のあとを追っていました。私も母も、正助が一人前の職人になることを願っていたのです。満願の日に雨太郎さまとお会いできたのは、おそらく正助の身代わりに私の前に現れてくれたのだと思いました。もう、正助は……」

おくみは首を横に振った。

もう正助は生きていないだろうと覚悟を決めたのだと、おくみは涙ながらに言った。

「だって、最後に五両とともに手紙が届いてから、もう三年になるのです。生きていれば、きっと私に便りをよこすはずなのです」

「念のためだ。正助の特徴を教えてくれないか。偶然、どこかで見かけることがあるかもしれない」

「そのようなことがあるとは思えませぬが、正助は今年二十八歳、背はやや高く、やせて色白です。なよなよとした感じです。眉毛は逆八の字で、鼻筋が通っております」

「覚えておこう」

「いえ、便りがないのは、すでに死んでいるからかもしれません」

「小間物屋の名はわかっているのか」

「『花扇堂《かせん》』と聞きました。でも、ございません」

おくみは気落ちしたように言う。

ここ数年の行き倒れの中に正助に似た特徴の者がいるか調べてみようと口に出かかったが、剣一郎はその言葉を呑んだ。黙って調べればよいことで、自分の素性を明かすような言葉に注意をしなければならない。

「よく話してくれた」

「こんな女で、嫌いになりませぬか」

おくみは縋《すが》るようにきいた。

「どんな身の上であろうが、そなたはそなただ。ただ」

「ただ……」

おくみが不安そうな顔をした。

「いや、なんでもない」

「いやです。気になります。なんでも、思ったことを仰ってくださいませ」

おくみは真剣な眼差しになった。

「いや、言うべきことではなかったと反省しているが、そなたが江戸にいるのはあとひと月あまりかと思うと、複雑な思いがする」

しばらく剣一郎の顔を無言で見つめていたが、ふいに、おくみはにじり寄ってきた。

「私は雨太郎さまに思われるような女ではありません」

剣一郎の胸に倒れ込んだおくみの肩に手をやる。膝と手におくみの温もりが伝わり、つばき油の香りが漂《ただよ》った。

その瞬間、多恵の顔が過《よぎ》った。
いけないいと、剣一郎は自制心を働かせた。

第三章　霞《かすみ》の陣五郎一味

一

十月一日。夜が更けるにしたがい、寒さが身に染みてきた。湯島の隠れ家を出て、妻恋坂を下った。新月で、月はないが、星明かりで提燈《ちょうちん》なしでも見通しはいい。

出雲の佐吉は、筋違橋を渡ったところで、つけてくる気配に気づいた。

「出やがったな」

ふと呟《つぶや》き、佐吉は懐《ふところ》に手を突っ込み、匕首《あいくち》を掴んだ。そして、少し歩みを緩めた。

きょうこそ、仲間の敵《かたき》をとってやる。逸《はや》る気持ちを抑え、背中に全身の神経を集めた。

ましらの保蔵に浅間の蔵六、それに豊三郎と三人立て続けに殺されたのだ。佐吉の心の内で怒りの炎が燃え上がっている。

地をするような足音が迫って来た。あと、少しだ。

佐吉は細身だが背丈はあり、背筋がぴんと伸びている。その背をやや丸めて、匕首を握り直した。

が、急に殺気が消えた。佐吉はおやっと思った。そのわけはすぐわかった。前方から提燈の明かりが近づいて来たのだ。

ちっと、佐吉は舌打ちした。せっかく、仲間を殺した男を捕まえる機会に巡り合えたのに、とんだ邪魔が入ったと、提燈の男を罵《のの》りたくなった。

提燈を持ってすれ違ったのは、商家の番頭ふうの男だった。再び、人気がなくなった。佐吉は敵を誘《おび》き出すようにゆっくり歩く。

須田町までは暗い火除け地が続く。襲うには格好の場所だ。佐吉は背中に神経を集めてゆっくり歩き、柳原通りに入った。

暗い道が続く。冷たい風が正面から吹きつける。

だが、二度と殺気は感じなかった。

結局、岩本町《いわもとちょう》までやって来てしまった。ついに、殺し屋は現れなかった。敵はこっちが気づいたことを察したのか。

それでも、周囲に用心深く目を配り、いったん岩本町を通り抜け、大回りをしてから再び、岩本町に入った。

自身番の前を素通りし、小商いの店が並んでいる中にある一膳飯屋にやって来た。『お多福《たふく》』と障子《しょうじ》に書いてある。

もう一度背後を見回してから、佐吉は『お多福』の戸を開けた。客は誰もいなかった。値段が高くてまずいという評判の店だ。

奥から、亭主の菊蔵《きくぞう》が皺《しわ》の浮かんだ顔を出した。佐吉は黙って菊蔵の脇をすり抜け、そのまま裏から隣の炭問屋の勝手口に入った。

『お多福』とこの炭問屋はともに霞の陣五郎一味の手の者がやっている。

勝手口の土間に、鼻緒の白っぽい草履《ぞうり》があった。

梯子段を上がって行くと、とば口の部屋の障子が開いて、男が顔を覗かせた。炭問屋の主人を装っている喜兵衛《きへえ》という年寄りだ。

「遅かったな」

「ああ、ちょっと手間取った」

「あにき」

喜兵衛の背後から、小肥りの彦三《ひこぞう》と大柄な石造《いしぞう》が迎えに出た。

「出たんですかえ」

彦三がきいた。

「現れたが、邪魔が入ったあと、二度と現れなかった」

佐吉は舌打ちした。

「やっぱし、佐吉あにいには用心しているんだ」

彦三が顔をしかめた。

「おじきが来ているのか」

土間の草履は、おかしらの陣五郎の跡継ぎの弥九郎のものだった。

「へえ、夕方から来ています。留三郎《とめさぶろう》といっしょに」

佐吉が居間に行くと、弥九郎が銜《くわ》えていた長煙管《ながぎせる》を口から離し、

「ごくろう」

と、声をかけた。

弥九郎は二重顎の福々しい顔をしている。陣五郎から跡を託されてから、風格も出て来ていた。

「おじき。ここは危ないですぜ」

佐吉は注進した。

仲間を殺していっている敵のことばかりではない。虎吉のことだ。

虎吉は篝火《かがりび》の鬼蔵という親分の下にいた男だった。鬼蔵と霞の陣五郎は若いころからの知り合いで、その関係でいっしょに仕事をしたこともある。だから、虎吉はこっちの一味のことを知っているのだ。

その篝火の鬼蔵一味がねぐらを火盗改めに急襲され、壊滅した。だが、虎吉だけが生き延びたのだ。

その虎吉とこの近くでばったり出くわしたのだ。虎吉は妙にぎこちない態度で、言い繕《つくろ》った。火盗改めの密偵になったという噂を思い出し、千鳥橋まで誘い込み、殺した。

「わかっている」

弥九郎は険しい顔で言い、

「それより、早く始末しねえと、仕事が出来ねえ。おかしらもいらだってなさるんだ」

と、吐き捨てた。

当初の予定では、新両替町《しんりょうがえちょう》一丁目にある酒問屋『灘屋《なだ》』への押込みを済ませ、いまごろは東海道を西に上っているはずだった。

それが、一連の殺しのために実行に移せずにいるのだ。それに、用心のために本拠をこの家から深川に移さねばならなくなり、陣五郎もいまはそっちに行っている。

「留三郎。おめえ、おかしらのそばにいてやらねえでいいのか」

佐吉は弥九郎の傍らにいる留三郎にきいた。留三郎は二十七歳。おでこが広く、細面の男だ。

常に陣五郎のそばに侍《はべ》って世話をしている。いままでは、陣五郎といっしょにこの岩本町の家にいたが、いまは用心のために深川に移っている。それなのに、きょうはわざわざ、弥九郎といっしょにここまで出て来たのだ。

「佐吉。留三郎をここにやったのはおかしらなんだ。それで、俺もいっしょに来たってわけだ。じつは、留三郎が思いついたことがあったんだ。それを、佐吉たちに聞いてもらいたいと思ってな」

弥九郎は佐吉をなだめるように言った。

「へえ、そうですかえ」

佐吉は頷き、留三郎に目をやった。

「佐吉あにい。聞いてもらいたいというのは、今度の殺し屋の正体だ」

留三郎が身を乗り出すようにして切り出した。

「心当たりがあるのか」

浅間の蔵六、ましらの保蔵、それに豊三郎の三人を殺した人間は何者なのか。一味の者からいろんな意見が出ているが、これといった決めてはなかった。

「まあ、聞いてくれ」

留三郎はそう言ってから、

「江戸の隠れ家を知っている人間は、そうざらにはいないはずですぜ。一味の者がよそ者にばらすはずはありやせん」

「じゃあ、誰か裏切り者がいるというのかえ」

喜兵衛が脇から口をはさんだ。

喜兵衛はかしらの陣五郎と同い年の五十歳。以前はいっしょに押込みもしたが、足腰が弱り、いまは江戸での隠れ家を守っている。

「いや。そんな人間はいません。それに、俺たちを裏切るなら、奉行所か火盗改めに密告すればいいことですぜ」

留三郎はあっさり否定する。その点は、佐吉も同じ考えだ。

「誰だと思うのだ?」

佐吉がきいた。

「盆の窪や喉を突き刺す手練は生半可のものじゃありません。殺しを専門に請け負う殺し屋に違いありません。問題は誰がそんな殺し屋を雇ったかってことです」

「そんなこと、いまさら言われなくてもわかっている」

佐吉はまどろっこしい言い方にいらついた。

「まあ、聞いておくんなさい」

留三郎はなだめるように言ってから、

「隠れ家を知っており、我ら一味のこともよく知っている。それは、やはり、我らの仲間にいた人間でしかありえませんぜ」

「裏切り者はいねえということじゃねえのか」

また、喜兵衛が口をはさんだ。

「裏切りじゃねえ。こっちが制裁を加えて殺した者ですよ。一番、疑わしいのは、夜桜の幹太《かんた》ですよ」

霞の陣五郎一味には幾つかの掟がある。おかしらの命令に絶対服従、仮に捕まっても自白をするべからずなど、さらに女に溺《おぼ》れるなという一条もある。掟破りは容赦なく始末する。

「ばかな。幹太は死んでいる」

佐吉は吐き捨てた。

幹太は府中の二丁町《にちょうまち》の遊里の女に夢中になり、女を足抜けさせ、いっしょに逃げようとした。それで、捕まえて女とともに始末したのだ。二年前のことだ。

「幹太に弟がいるんですよ」

「弟？」

喜兵衛が目を細めた。

「その弟は幹太から俺たちのことを聞いていたんじゃねえかと思うんですよ。いや、幹太は二丁町の女と逃げると決心したとき、弟の手を借りようとしたんです。万が一にそなえ、弟にすべてを話したとも考えられます」

「…………」

佐吉は弥九郎の顔を見た。

弥九郎は頷いた。

「弟がいるのは間違いないのか」

佐吉は確かめた。

「へえ。幹太から身の上話を聞いたことがあります。そんとき、弟がいると。稼いだ金の一部を弟に送っているって言ってました。一度、幹太の弟を調べてみる必要があるんじゃないでしょうか」

　留三郎は身を乗り出し、窺うように佐吉の顔を見つめた。

「どうだ、佐吉。幹太の弟が俺たちに兄の恨みを晴らそうとしている可能性は十分に考えられるんじゃねえのか」

　弥九郎が煙管を持ったまきいた。

「そうですねえ」

　幹太の弟が腕っこきの殺し屋を雇ったという留三郎の主張は、他に何も手掛かりがないいま、否定する理由は何もなかった。

「でも、幹太の弟の仕業だとして、どうやってそいつを確かめるんだ。幹太の弟について何か知っているのか。名前は？」

　佐吉は留三郎に確かめる。

「知らねえ。だが、幹太の生まれは上州《じょうしゅう》赤城村《あかぎむら》だと聞いたことがありやす。そこに行って調べれば、何かわかるかもしれねえ」

「赤城か」

　果たして、そこに行って何かわかるだろうか。しかし、ただ手をこまねいているより、何かしたほうがいい。佐吉はそう考えた。

「よし、わかった」

敵が何者かわかれば、こっちの対策もたて易い。まず、敵の正体を探ることが先決だ。佐吉は弥九郎にきいた。

「おかしらも、同じ考えなんですね」

「そうだ。だから、我らをここに寄越したんだ」

「で、誰を赤城に？」

佐吉は確かめる。

「留三郎に行ってもらうのがいいだろう」

弥九郎が言う。

「へえ」

留三郎は軽く頭を下げ、

「明日にでも出立します」

と、意気込んでみせた。

「誰か連れて行ったほうがいい」

佐吉は勧めた。

「へえ、信三《しんざ》を連れて行こうかと思いましたが、おかしらの世話に困ります。誰か、行く人間がいれば」

留三郎と信三のふたりが、陣五郎の身の回りの世話をしていた。ふたりともいなくなると、陣五郎が困る。

「あっしでよければお供させていただきます」

小肥りで丸顔の彦三が口を入れた。

「おう、行ってくれるか」

留三郎が彦三に声をかけた。

「ああ、俺でよければ行くぜ」

彦三が応じた。

「おじき。いいですかえ」

留三郎は弥九郎にきいた。

「うむ。いいだろう」

弥九郎は頷いた。

ふと、佐吉は天井を睨んだ。微かに天井板が軋《きし》んだような気がした。

「どうした？」

いきなり立ち上がった佐吉に、喜兵衛が訝《いぶか》しげにきいた。

佐吉の異様な行動に、一座の者は息を呑んだようだった。しばらく耳を澄ましたが、ひとの気配はしなかった。

「気のせいか」

佐吉は呟いて、腰を下ろした。

「すいません。誰か潜《ひそ》んでいるのかと思ったんです。気のせいのようでした」

「そうか」

と、弥九郎が言ってから、

「話はもうひとつあるんだ。これは佐吉の意見をきてえ」

と、佐吉の顔を見た。

「へえ、なんでしょう」

「『灘屋』の件だ。おかしらが決行すると言い出したんだ。どうだ？」

弥九郎が佐吉の顔色を窺った。

「いや。いまは危険ですぜ。殺し屋の件だけでなく、奉行所や火盗改めも血眼《ちまなこ》になってあっしたちを探しているはずです。それに、三人がいなくなっちまった。段取りだって、組み直さねばなりませんぜ。場合によっちゃ、今回の江戸での仕事を中止することも考えなければいけませんぜ」

佐吉は反対した。

霞の陣五郎一味のうちの押込みの実動隊の人数は十七名。そのうち三人を失い、いまは十四名。その他に、『灘屋』への引き込みのために三年前から住み込んでいる下男。

町人に成り済まし、市井に紛れ込んで暮らしている隠れ家の主人たちもいるが、この者たちは実際には押込みには加わらない。

「うむ」

弥九郎は難しい顔をした。

「おじき。なんとか、おかしらを思い止めさせておくんなさい。いまは自重のときだ」

「わかった。おめえがそう言っていたと伝えておく」

「お願いします」

「ちくしょう。俺たちに歯向かう奴は許せねえ。佐吉。なんとしてでも、殺し屋をやっつけるんだ」

弥九郎は込み上げて来た怒りを抑えきれないように力んで言った。

「へえ、必ず。三人の敵《かたき》をとってやります」

これ以上は犠牲者を出させてはならない。仲間には外出する際は必ずふたりで行動するように言ってある。

だが、佐吉はひとりで行動した。自分が囮《おとり》になって殺し屋をおびき寄せるためだ。ここに来る途中も、気配はあったが、邪魔が入った。

元武士である佐吉は腕に自信があった。殺し屋が襲って来ても、立ち向かい、相手をやっつける強さを持っている。

「じゃあ、おじき。あっしは湯島に帰ります」

佐吉は腰を浮かして言った。

「帰るのか」

弥九郎は見上げて言う。

「へえ。来る途中、あっしのあとをつけていた者がおりやした。帰り、そいつがまた現れるかもしれませんので」

「そうか。わかった」

「おじきは今夜、ここにお泊まりください。夜の外出は控えたほうがいい」

「そうしよう」

「明日の朝早めに、深川にお帰りください。殺し屋が、この隠れ家を火盗改めに密告するとは思えませんが、これからはここに来るのはやめたほうがいいと思いますぜ」

佐吉は念を押して注意をした。

「せっかくの場所だったがな」

弥九郎は口惜しそうに言った。

「あとは頼んだぜ」

佐吉は喜兵衛に言い、それから留三郎に向かって、

「ご苦労だが、頼んだ。いい知らせを待っている」

と、赤城村へ出かけることへの労《ねぎら》いを言った。

佐吉は炭問屋から一膳飯屋に行き、そこの戸口から外に出た。

夜空に星が瞬いている。佐吉はゆっくり歩き出したが、見張られているような視線は感じられなかった。柳原通りに出て、筋違橋までやって来た。尾行者はいなかった。

佐吉は橋を渡り、明神下から妻恋坂を上がった。薄暗い場所に足を向けると、黒いひと影がちらほら見えるのは曖昧宿に遊びに行く客だ。

佐吉も、そんな客に紛れ込んで、『紅《べに》屋』という軒提燈がかかったしもた屋ふうの家に入って行った。

やはり、尾行者はいなかった。

離れの部屋が、佐吉たちが使っている部屋だ。

「あにい、お帰りなさい」

仙太《せんた》が迎えに出た。他の三人も会釈をした。

神田祭の夜、ましらの保蔵はここからさっきの岩本町の隠れ家に向かう途中で、殺されたのだ。そのとき、保蔵といっしょに歩いていたのが、この仙太だった。

小柄な仙太は身の軽さが身上だった。二十三歳と若いが、気配りがきく。

ここには佐吉を含め、五人が厄介になっている。

「怪しい奴に出会いませんでしたか」

仙太がきいた。

「行きにつけられた。だが、襲って来なかった」

佐吉は忌《い》ま忌ましげに言う。

「ちくしょう。ずっと見張っているんですかえ」

仙太が怒りを露《あらわ》にした。いっしょに行動していた保蔵が殺されたことを、自分の責任のように思っているのだ。

「佐吉あにい。向こうはあにいには襲いかからねえんじゃないですかえ。だったら、あっしが囮になる」

　仙太は強張《こわば》った顔で言う。

「危険だ」

「だって、あとからあにぃがついて来てくれたら、心配はねえ。このままじゃ、埒《らち》が明かねえ。俺なら、いいぜ」

「わかった。そんときになったら、考えてみよう。じつは明日、留三郎が赤城村に行くことになった」

「赤城村？」

「幹太が赤城村の出らしい。幹太に弟がいたのを知っているか」

「そういやあ、そんなことを聞いたことがあります」

「留三郎は、幹太の弟が殺し屋を雇い、復讐をしていると睨んでいるんだ」

「幹太の弟ですか」

　仙太は昂奮した。

「まあ、調べてみる値打ちはある。明日、留三郎と彦三が旅立つ。いい結果を持ち帰ることを期待しよう」

「へえ。ところで、向こうはどうでしたか」

仙太がきいた。岩本町の隠れ家のことだ。

「おじきが来ていた。おじきが言うには、おかしらは、仕事をしたいらしい」

「仕事って、『灘屋』ですかえ」

「そうだ。焦っているのかもしれねえ」

「体のほうはだいじょうぶなんでしょうかねえ」

「いまのところ、なんともないようだ」

陣五郎を襲った病魔がなんなのかはわからない。ときたま腹が痛み、食事も喉を通らなくなる。その代わり、酒の量が増えた。

酒で痛みを忘れさせているのか、最近は片時も酒を離さなかった。

陣五郎は今度の『灘屋』の押込みを最後に隠居する腹積もりでいるのだ。三島に、気に入りの妾がいる。その妾と余生をのんびり暮らせれば御の字だと言っていた。陣五郎の願いを叶えてやりたい。

佐吉にとって陣五郎は父親も同然だった。

「それより、客はだいじょうぶだろうな」

佐吉は確かめた。『紅屋』に遊びに来ている客のことだ。殺し屋が客に化けて乗り込んでいる可能性を考えたのだ。

「へえ、みな商家の番頭か職人体《てい》の男、それに年寄りがふたり」

鎌太郎《かまたろう》が答えた。本名ではなく、肩に鎌で斬られた傷があることから誰となく鎌太郎と呼んでいる。

「いいか。何度も言うが、外出するときはふたりで行くことを決して忘れるじゃねえぜ」

佐吉はみなに言った。

「わかってますさあ。でも、このままじゃ腹の虫が収まらねえ」

鎌太郎が言う。

「焦るな」

「へえ。でも、天下の陣五郎一味がたったひとりの人間に振りまわされているなんて、まったく悔しいですぜ」

仙太が唇を嚙みしめた。

「いましばらくの辛抱だ」

佐吉は姿の見えぬ敵に怒りの目を向けた。

その夜、ふとんに入ってから、佐吉は幹太の弟のことを考えた。果たして、弟が殺し屋を雇ったのだろうか。

幹太は遊里の女に惚れて、掟を破った。だから、仲間の制裁を受けたのだ。幹太兄弟がそれほどの仲だったかどうかわからないが、兄の復讐のために殺し屋を雇い、霞の陣五郎一味を襲わせるだろうか。

そのことを考えて、なかなか寝つけず、寝入ったかと思うと、すぐに目が覚めた。そんなことを何度か繰り返して目が覚めたとき、雀の鳴き声が聞こえた。

きょうは、留三郎と彦三が赤城に出立する。そう思ったとき、なんとなく心がざわついた。

ゆうべ、その話し合いのとき、天井裏の板が微かに軋む音がした。気のせいだとあのときは納得したが……。

みしりという音は何者かが移動したときに音が鳴ったのではないか。佐吉が立ち上がって天井裏の気配を窺ったときには、もう賊は去ったあとだったのではないか。

佐吉は起き上がり、厠《かわや》に行った。東の空は白みはじめていた。胸騒ぎがする。佐吉を尾行して来た賊は、佐吉が岩本町の隠れ家に向かうことがわかっていた。

だから、あとからやって来て、天井裏に潜んだのではないか。そうだとしたら、留三郎と彦三が赤城に向かうことを聞いていたはずだ。

動悸が激しくなった。ふたりだから安心というわけでもない。佐吉は部屋に戻って着替えた。

「兄貴、出かけるか」

寝ぼけ眼で、仙太がきいた。

「起こしちまったか。ちょっと、岩本町の家に行って来る」

「こんな早くですかえ」

「ああ、ちょっと気になることがあるんだ」

そう言い、佐吉は裏口から外に出た。

妻恋坂を下り、明神下を足早に過ぎたとき、駆け足で昌平坂《しょうへいざか》のほうに向かう同心と岡っ引きを見た。急いでいるようだ。不安を覚え、佐吉は同心が去ったほうに足を向けた。

昌平坂にひとがたむろしていた。倒れている男が目に飛び込んだ。旅装姿だったことに、佐吉は愕然とした。

二

その朝、剣一郎は昌平坂に駆けつけた。遠巻きにしている野次馬をかき分けて、中に入る。

すでに、只野平四郎と岡っ引きの久助が来ていた。

「青柳さま、今度はふたりです」

平四郎が強張った顔で言った。

「ふたりとな」

聖堂脇の樹の陰に、仰向けに男が倒れていた。二十七、八歳。おでこが広く、細面である。喉を掻き切られていた。もうひとりは、その先で倒れていた。小肥りの丸顔の男だ。こちらも首筋と喉に刺し傷があった。

「ふたりで歩いているのを、背後から襲い、まずこの男の盆の窪を太い針で刺し、悲鳴に驚いて振り返ったあっちの男の喉を掻き切ったということか」

鮮やかな手並みだ。一寸も違《たが》わずに致命傷を与えている。喉を掻き切られ、血が噴き出しただろうが、おそらく下手人は血飛沫《しぶき》は浴びていまい。それほど、素早い犯行だ。

同じ下手人であろう。だとすれば、このふたりも霞の陣五郎一味の者か。

ふたりとも手甲脚絆《てっこうきゃはん》に草鞋《わらじ》履き、着物の裾を端折《はしょ》って道中脇差を差した旅姿であった。少し離れたところに菅笠と振り分け行李《ごうり》が転がっていた。

この先を行くと、前田《まえだ》家上屋敷前の追分で、中山道《なかせんどう》と日光御成《にっこうおなり》街道とに分かれる。

「旅に出るところだったのだな」

剣一郎は旅の目的を考えた。

「まさか、江戸から逃げるつもりだったのではありませぬか」

平四郎が死体を見つめながら言った。

「どうかな」

霞の陣五郎一味が殺し屋を恐れて江戸を逃げ出すとは思えない。血眼になって、殺し屋を探しているはずだ。

平四郎が振り分け行李の中を調べた。三尺手拭いに矢立、鼻紙、提燈、蠟燭《ろうそく》などで、一般的なものだ。

道中手形はなかった。関所を通らず通行するつもりだったのか。あるいは、目的地は関所のない場所だったたか。

中山道であれば、横川《よこかわ》だ。それより以前の目的地であれば、関所に引っかからない。もし、江戸からの逃亡であれば、何らかの形で手形を用意するのではないか。剣一郎は逃亡とは考えられなかった。かといって、どんな用があるのか、想像出来なかった。

それにしても、とうとう新たな犠牲者を出してしまった。それもふたり同時だ。いったい、下手人はどこからこのふたりの後をつけてきたのか。

やはり、下手人は一味の隠れ家を知っていて、そこからつけてきたと考えるしかない。

下手人は一味のことに詳しい人間だ。そういう意味では仲間割れが当たっているのか。

剣一郎は草鞋を見た。ほとんど新品だ。汚れもない。長い距離を歩いたわけではない。

「このふたりは浜町堀界隈の隠れ家から出発したものと思える。旅装姿の目撃者を探すのだ。隠れ家を見つける手掛かりが摑めるかもしれない」

「はっ」

平四郎は畏《かしこ》まって答えた。

このふたりは未明に隠れ家を出立したのに違いないが、商家の朝は早く、小僧などは起きている。また、豆腐屋、棒手振《ぼてふ》りなど朝の早い職業の者もいる。旅装のふたり組を見かけている可能性もあるのだ。

あとを平四郎に任せ、剣一郎はその場をあとにした。

遠巻きにしている人びとの顔には明らかに不安の色が濃く出ていた。これまで、四人が殺され、今度は一遍にふたりだ。

編笠を被り、歩きはじめたとき、騎馬の武士が駆けつけて来た。火盗改めの与力だ。後方から火盗改めの同心が走って来る。

剣一郎はそのまますれ違った。同心たちの真剣な表情が印象に残った。火盗改めも焦っているようだ。

その夜、剣一郎が夕餉《ゆうげ》を終え、居間に下がったとき、多恵がやって来て、

「文七《ぶんしち》さんがお見えです」

と、伝えた。

今朝、出掛けに多恵に呼ぶように頼んでおいたのだ。文七は二十七、八歳になるが、まだ独《ひと》り身である。

多恵の父親に恩誼《おんざ》を受けたことがあるらしく、多恵には従順だった。その関係から、剣一郎は密偵のような形で使っていた。

文七は分を弁《わきま》え、座敷に招じても絶対に上がろうとせず、いつも庭先に佇《たたず》んだ。

剣一郎は濡縁に出た。

「ごくろう」

剣一郎が声をかけると、文七が腰を折った。

「すまぬ。頼まれて欲しい」

「なんなりと」

「小田原まで行ってくれ」

「畏まりました」

顔色を変えずに答える。たとえ、長崎《ながさき》に行ってくれ、蝦夷《えぞ》までだと言っても、文七はわけをきくことなく、素直に従うはずだ。

「小田原のご城下に、五年ほど前まで、おくみと正助という姉弟が母親と住んでいたそうだ。正助は飾り職人、おくみは料理屋で女中をしていたが、その後、小田原の豪商と言われている『伊豆屋』の妾になった。この事実に相違ないか、調べて来て欲しい」

おくみの言葉を確かめようとすることに後ろめたい思いがあった。おくみの言うことを信用しないことが、おくみに対する背信のような気がした。

しかし、弟正助の失踪という大きな事実があるのだ。正助を探すためにも、事実関係を知っておくことは重要なのだと自分に言い聞かせた。

「そして、これが大事なのだが、弟の正助は江戸の小間物屋の時右衛門という男に誘われて江戸に出た。ところが、そのまま行方不明になっている。この辺りのことを調べて来て欲しい」

「わかりました」

「江戸での身許不明の死体を調べたが、正助らしき男はいなかった」

きょう、本郷から奉行所にまわり、これまでの行き倒れや殺しの被害者の身許不明死体の記録を調べてみたが、正助らしき男はいなかった。

「旅の費用だ」

剣一郎は懐紙に包んだ五両を出した。

文七は押しいただいたが、

「これは多うございます」

と、押し返そうとした。

「いや。何日かの滞在が必要になってくることもあろう。ときには、料理屋に揚がらざるを得ないこともあるやもしれぬ。持っていけ。あまれば、そのとき返してもらう」

もちろん、返してもらう気はない。

「わかりました。では、お預かりしておきます」

文七はありがたそうに受け取った。

「では」

「十分、気をつけてな」

文七は庭の暗やみに消えるように引き上げて行った。

文七が去ったあと、ふいに後悔の念に襲われた。おくみを裏切っている。そう思うと、五体を引きちぎられそうな苦痛に襲われた。

いま、すぐにでも飛んで行って、言い訳をしたい。そんな気持ちになった。だが、その一方で、おくみを覆う翳《かげ》のようなものの正体を知りたいという思いも強かった。

ふと、こめかみに強い視線を感じて、剣一郎ははっとした。多恵が見つめているのだとわかった。

勘の鋭い多恵が、いまの剣一郎の苦悶の表情を見て、何を思っただろうか。

三

同じ日の夜、岩本町の隠れ家に佐吉は行った。仙太をはじめ、湯島の隠れ家にいる連中もいっしょだ。

佐吉は周囲を見回し、さらに天井裏まで調べ、二階のいつもの座敷に入った。もうひとつの茅場町《かやばちょう》の隠れ家にいた亀蔵《かめぞう》も来ていた。一味の者の暗い顔を前に、床の間を背にして弥九郎が座っていた。

結局、弥九郎は深川に帰らずじまいだった。佐吉は弥九郎から少し下がって腰を下ろした。

「また、ふたり欠けた」

一同を見回して、弥九郎は声を震わせた。

この場にいるのはおかしらの陣五郎といっしょに深川猿江村《さるえむら》の隠れ家にいるふたりを除いた十人。きょうの朝、留三郎と彦三が殺され、全部で五人が欠けたのだ。

「俺があのとき、もっと天井裏を気にしていたら」

と、佐吉は悔やんだ。

「これではっきりした。殺し屋を雇っているのは幹太の弟だ」

誰かが呻《うめ》くように言った。

「そうだ。留三郎と彦三が赤城に行くことを盗み聞きしていて、待ち伏せしていたんだ。赤城に行かせまいとして」

亀蔵といっしょに茅場町にいた石造が大きな体を震わせて悔しそうに言う。

「いや、まだそうだと決まったわけじゃねえ」

佐吉は首を横に振った
「赤城に行ったって、何がつかめるかわからないのだ。そんなに赤城に行くことが重要だったとは思えない」

「でも」

石造が何かを言おうとしたのを抑えて、

「もう、そんなことは関係ない。敵を討つしかない」

と、佐吉は強い口調で言った。

「なんとしてでも、奴の息の根を止めるんだ。こんなに愚弄されたことはねえ」

弥九郎が顔を引きつらせて言った。

「佐吉。頼むぜ」

「任せてください。必ず、叩き殺してみせますぜ」

佐吉は弥九郎に言ってから、一同に向けて言った。

「いいか。こっちは相手の顔もわからねえが、向こうは俺たちのことを知っている。商人だろうが、職人だろうが、芸人だろうが、近づいて来る男には注意をするのだ。ふいを狙って襲って来るからな」

「へい」

「それから、深川猿江村にある百姓家はまだ奴に気づかれていない。そこへの出入りは十分に気をつけるんだ」

佐吉は弥九郎に向かい、

「おじきはしばらく猿江村から動かないでいただきてえ。おかしらといっしょにいてくれ。必ず殺し屋を始末してみせます」

「わかった」

弥九郎は厳しい顔で頷いた。

殺し屋の真の狙いはおかしらの陣五郎だ。それまでに、陣五郎に恐怖感を味わわせようとしているのかもしれない。

「仙太に鎌太郎」

佐吉はふたりに声をかけた。

「おめえたちは俺といっしょに殺し屋を迎え撃つ。今までどおり、湯島の隠れ家で過ごし、この家と行き来する。その途中、必ず殺し屋は現れる」

「亀蔵」

佐吉はいかつい顔の亀蔵に向かい、

「おめえは、猿江村でおかしらを守れ。茅場町の隠れ家は一時封鎖だ。茅場町にいた者は亀蔵に従い、おじきを守って猿江村に行くのだ」

「へい」

佐吉は手配りをしてから、

「おじき。明日、亀蔵たちと猿江村へ」

と、申し入れた。

「わかった」

「じゃあ、そろそろ引き上げます」

佐吉は挨拶して立ち上がった。

仙太と鎌太郎も立ち上がった。

勝手口まで、炭問屋の亭主になっている喜兵衛が見送りに出た。

「弥九郎の話だと、おかしらもだいぶ弱ってなさるようだ」

喜兵衛がため息混じりに言い、

「最後の仕事の前に、こんなことになっちまって」

と、悔しそうに言った。

「とっつあん。安心してくれ。きっと、おかしらを無事に三島の姐《あね》さんのところに送り届けますよ。おかしらには、姐さんとふたりでゆっくり余生を過ごしてもらいやす」

「佐吉。おめえだけが頼りだ」

喜兵衛が佐吉の手を摑んだ。

「とっつあん、心配するな。任せておけ」

「うむ。じゃあ、気をつけてな」

裏から一膳飯屋に入り、そこから外に出た。晴れた夜空に無数の星が瞬いている。

仙太が体をぶるっと震わせた。恐怖か寒さのためか。

佐吉は通りの様子を窺った。それから、歩きはじめたとき、提燈を持った男が近づいて来た。

岡っ引きだ。仙太と鎌太郎を路地に隠れさせ、佐吉はひとりで先に進んだ。岡っ引きが近づいて来た。

佐吉は軽く会釈をして行きすぎようとした。

「ちょっと待ちねえ」

岡っ引きが呼び止めた。

「へい。あっしですか」

佐吉は振り返った。

「どこまで帰るんだえ」

「へえ、田原町《たわらまち》です。親分さん、何か」

「連れがあったようだが」

佐吉がやって来た方角に目をやった。

「連れですって？　いえ、あっしはひとりですぜ」

「いや、確かにそこの路地に入った」

「ああ、あのひとたちですか。『お多福』を出るとき、いっしょになっただけです。

それが何か」

「お多福？」

「一膳飯屋ですよ」

佐吉が答えると、岡っ引きは『お多福』のほうに目をやった。

「なんなら、そこの亭主にきいてみますかえ」

「いや。そこまでする必要はねえ。ところで、おめえの名は？」

「へえ、五助《ごすけ》です」

「五助？　顔に似合わねえな。まあ、いい。手間とらせたな」

「いえ」

岡っ引きは『お多福』の前を素通りした。だいぶ先に行ったのを確かめてから、佐吉は『お多福』に引き返した。

戸を開けると、亭主の菊蔵が不審そうな目で見た。

「いま、岡っ引きに声をかけられた」

そのときの状況を説明し、

「明日にでも何かききに来るかもしれない。話を合わせておいてくれ」

と、頼んだ。

「へい、わかりました」

菊蔵は一味の者ではない。喜兵衛が見つけて来た元盗人だ。盗みをやるには歳をとり過ぎたので、喜兵衛が『お多福』を任せているのだ。

「それから、喜兵衛さんに岡っ引きがうろついているってことを話しておいてくれ。じゃあ」

「へい、お気をつけなすって」

佐吉は再び、外に出た。もう岡っ引きの姿はなかった。

湯島の隠れ家に帰り着くと、仙太たちはとうに帰って来ていた。

「あにき。だいじょうぶだったか。岡っ引きだったたんじゃねえのか」

「ああ、声をかけられたが、なんともねえ。だが、明日あたり、『お多福』に顔を確かめに行くかもしれねえ。やはり、あそこも早く引き払ったほうがいいようだ」

『お多福』の隣の炭問屋の二階に、霞の陣五郎一味がいたことなど、岡っ引きには想像もつかなかったろう。

ただし、どういうことから疑いを向けるかもわからない。

それに、岡っ引きだったからまだよかったのだ。これが、火盗改めだったら、強引に拘束し、拷問という手段で口を割らそうとするだろう。

やはり、あの隠れ家はもう限界だと、佐吉は思った。

その夜も神経が昂《たかぶ》って寝つけなかった。

まさか、霞の陣五郎一味がこのように無残と思えるほどにずたずたにされるとは想像さえしなかった。

この十年、江戸から浜松、宮にかけて、霞の陣五郎一味は暴れに暴れまくった。押込み先での皆殺しも厭《いと》わず、千両箱を強奪してきた。

霞の陣五郎の名は、盗賊仲間にも轟《とどろ》いた。江戸には三軒の隠れ家を持ち、東海道の各所にも隠れ家がある。

隠れ家を守る者たちを入れたら三十人近い仲間がいる。また、情婦もいるし、女房や子どももさえいる者もいる。もっとも、女房や子どもらに、父親が盗賊だとは教えていない。

そういった連中を入れたら五十人近い仲間がいるのだ。その大勢の人間の結束が固いのも、かしらの陣五郎の人望に他ならない。

手下になった者は、みな貧しい家の生まれだった。ましらの保蔵とふたつ名で呼ばれるようになった保蔵は信州佐久《しんしゅうさく》の水呑み百姓の伜であり、浅間の蔵六は大坂近郊で雪駄《せった》直しの行商をしていた男の伜である。豊三郎は百姓の伜で、親が借金のために田畑を失い、江戸に出て来て貧民になった。

留三郎も彦三も親に捨てられて孤児になった。他の者もみな似たり寄ったりの暮らしをしてきた。人間らしい暮らしなど味わったことのない連中だ。

そういう者たちに救いの手を差し伸べたのが陣五郎だ。

陣五郎自身も貧しい農家の生まれで、若い頃、年貢の不正を行なう代官所役人を殺して、村を出奔した人間だった。

かくいう俺だって、と佐吉は自嘲《じちょう》気味に呟く。

佐吉は十数年前までは、大貫佐太郎《おおぬきさたろう》といい、西国のある藩の下級武士であった。朽《く》ちかけた組屋敷に住み、粟《あわ》と大根ばかりの食事をとり、藩内で軽く見られていた。些細なことから組頭と喧嘩になり、斬り殺して脱藩。

当然、追手がかかったが、追手を振り切り、大坂にしばらくいて、それから府中に出た。だが、府中の城下の暮らしも、国の暮らし以上に悲惨だった。

日傭取《ひようと》りの仕事で食いつないでいたが、ついに辻強盗にまで落ちぶれた。ちょうど、五人目の獲物に襲いかかったとき、相手は佐太郎の不意打ちの一刀を見事によけた。恰幅《かっぷく》のよい商家の主人ふうの男だったが、武術の心得があるようだった。むきになって、斬りかかろうとしたとき、相手が落ち着いた声で、

「金が欲しければやろう」

と、懐から財布を出した。

それをそのまま、佐太郎のほうに投げたのだ。受けとめたとき、手にずしりとした重さを感じた。五十両はあるかもしれない。

佐太郎は逆に怖《お》じ気《け》づいた。この男はただ者ではない。そう思った。男の風格の前に、佐太郎は屈伏したのだ。

その男が霞の陣五郎だった。そのとき陣五郎は三十半ば過ぎ。佐太郎は二十二歳だった。陣五郎は佐太郎にひと言、「ついて来い」と声をかけた。

佐太郎は魅入られたように、陣五郎のあとに従ったのだ。

凶状持ちの陣五郎は、諸国を逃げ回りながら、各村々の悲惨な状況を見、城下では大商人の豪勢な暮らしを見て、盗人の世界に身を投じたのだ。最初は数人だったが、次々と仲間を増やし、ついに霞の陣五郎一味といえば、盗賊の世界では知られた存在になった。

佐太郎は、陣五郎の手下になってから出雲の佐吉と名乗り、いまでは陣五郎にもっとも頼られている。

陣五郎は今度の新両替町の酒問屋『灘屋』の押込みを最後に、跡目を弥九郎に譲り、三島に引っ込むことになっていた。

佐吉はともかく、陣五郎を三島に送り届け、安心して隠居生活を送らせてやりたいのだ。そこに大きく立ちはだかって邪魔をしたのは、正体不明の殺し屋だ。背後で操っているのが幹太の弟という可能性もあるが、佐吉は疑問を感じている。

だが、背後にいる者がどうのこうのというより、殺し屋をなんとかしなければならない。佐吉は姿の見えぬ殺し屋に向かって、敵愾心《てきがいしん》を燃やした。

四

翌日の夕方。剣一郎は奉行所からまっすぐ須田町に向かった。

銀杏の葉は黄色く染まり、上野東叡山《うえのとうえいざん》、谷中天王寺《てんのうじ》、王子《おうじ》の瀧《たき》の川《がわ》などの紅葉の名所は賑わいを見せている。

須田町にあるそば屋『立科』の二階に、剣一郎が行くと、すでに京之進と平四郎、それに臨時廻りの吉野河太郎、隠密廻りの作田新兵衛も来ていた。新兵衛は町人の格好をしていた。

「待たせた」

剣一郎は四人の前に腰を下ろした。

「何か、わかったか」

剣一郎がきくと、まず平四郎が口を開いた。

「昌平坂で殺されたふたりは柳原通りで目撃されておりました。それから、松枝町《まつがえちょう》で、棒手振り《ぼてふ》の男がふたりの旅装姿を見ておりました」

「私のほうは伊勢町堀辺りから浜町堀にかけて聞き込みを行ないましたが、旅姿のふたり組の目撃者はおりませんでした。さらに、小伝馬町でも見つかりませんでした」

京之進が続けて言い、

「思うに、小伝馬町より北、松枝町より南の一帯のどこかからふたりは出立したものと思えます」

と、絵図を出して指し示した。

「考えられる」

そう言い、剣一郎は絵図に目を落とした。

「松枝町の隣が岩本町か」

剣一郎が呟いたとき、京之進が何か思いついたように、

「そういえば」

と、口にした。

「ゆうべ、与吉が岩本町を歩いていたとき、三人連れの影を見たのに、近づいて来た

のはひとりだけだったそうです。男は田原町に帰る五助と名乗ったそうです。近くの『お多福』という一膳飯屋から出て来たってことです。特に怪しいという感じではなかったというのですが……」

「旅姿のふたりが岩本町界隈にいた可能性が出て来たとなると、念のために調べたほうがいいな」

剣一郎は鋭い顔で言った。

「その一膳飯屋の様子を窺ってもらおう。新兵衛、そのほうに頼む。客として店に入ってくれ」

「畏まりました」

「京之進のほうは、『お多福』を誰かに見張らせ、店に出入りするものを調べてみるのだ。気取《けど》られないようにな」

「畏まりました」

「湯島のほうの曖昧宿の探索はどうだ?」

剣一郎は河太郎に顔を向けた。

「じつは、『紅屋』という店の客から、そこはずいぶん長く居続けの客がいると聞きました。ちょっと気になります」

「『紅屋』だな」

「はい。参道の裏手にあります」

「よし。そこは平四郎の手の者で、出入りする人間を確かめるのだ」

「はい」

平四郎が答える。

「新兵衛、火盗改めの動きはどうだ？」

「何人かいる密偵の伝《つて》で、霞の陣五郎一味の情報を得ようとしています。不思議なことに、虎吉が殺された浜町堀付近には姿がありません。思うに、そこから新しい隠れ家に移動したと考えられます」

「おそらく、かしらの陣五郎ら何人かは新しい場所に移ったに違いない。だが、仲間を殺した男を引き寄せるためには、まだ何人かはその場に留まっているはずだ」

殺し屋の狙いは何か。陣五郎の命か。それとも、一味を皆殺しにすることか。いずれにしろ、新しい隠れ家を目指すに違いない。火盗改めは、そこに目をつけたのだろうが、何か根拠があってのことか。

その他、いくつかのことを確認し終えて、剣一郎は立ち上がった。

「夜になったら、岩本町の『お多福』の辺りをうろついてみる」

剣一郎が言うと、新兵衛がすぐに応じた。

「今夜、客で入ってみます」

うむ、と頷いてから、

「そばでも食べて行くがよい。酒も遠慮するな。ここは私が持つ」

と、四人を慰労するように言い、剣一郎は部屋を出た。

『立科』を出た剣一郎は編笠を被り、筋違橋に向かった。

今朝、再び夢に兄が出て来た。前回同様、雲水の姿だ。四十を越している容貌なのに、兄だとすぐにわかった。

ただ、今回は何も言わずにじっと剣一郎を見つめているだけだった。

その夢とおくみを重ねた。おくみが剣一郎を呼んでいるような気がしたのだ。いま、剣一郎は不忍池に向かって急いでいる。

横から射していた西陽が屋根の向こうに沈もうとしていた。おくみはどんな一日を過ごしたのか。

まるで妾のところに通う男のように、剣一郎はひと目を気にしながら三橋を渡り、不忍池に向かった。

おくみの家に辿り着き、格子戸を開けた。

その物音で、おくみが飛び出して来た。まるで、剣一郎がやって来るのがわかっていたかのようだ。

そのことを問うと、

「なんとなく、そんな予感が……」

と、照れたように言った。

だが、いつになくおくみの顔が強張っているように思えた。

居間に行ってから、剣一郎はきいた。

「何かあったのか。表情が硬い」

驚いたような目を向け、

「そう見えますか」

と、おくみはきいた。

「ああ、まるで幽霊でも見たような表情だ」

「幽霊……」

おくみが呟いた。

「いったい、どうしたというのだ？」

「はい。きのう、湯島天神に行ったら、正助に似た男を見かけたのです」

「正助に？」

「はい。ただ、人込みの中で、ちょっと顔が見えただけでした。すぐ追いかけたのですが、ひとの群れに行く手を遮《さえぎ》られて……」

「そなたは、正助だと思ったのか」

「はい。ただ……」

おくみは言いよどんだ。

「どうした？」

「正助にしては、顔つきが鋭かったように思えるのです。正助は色白で、優しい顔だちでした。ところが、私が見た正助は顔色も浅黒く、たくましい感じでした。印象が違うのです」

「それでも、正助だと思ったのか」

「はい。でも……」

おくみは自信なさそうに俯いた。

「他人の空似だったのでしょうか」

おくみは心細そうに言う。

弟のことを思っていたので、似ている男を見て、正助だと思い込んでしまったのかもしれない。

「いや。仮に他人の空似だったとしても、正助は生きているという知らせかもしれない。気を強く持つのだ」

「はい」

おくみは笑みを湛《たた》えて頷いた。

「あっ、いま、お酒を」

思い出したように、おくみが言う。

岩本町には夜の五つ（午後八時）に行けばよいだろう。それまで時間がある。

おくみへの感情がどういうものなのか、剣一郎は自分でもはっきりしない。ただ、おくみといっしょにいると、山奥の禅寺にでもいるような静かな心持ちになることは事実だった。

それは、多恵からは得られないものだ。だが、日々の暮らしの中だからであって、多恵自身の問題ではないかもしれない。

それでも、と剣一郎は思う。この心穏やかな心境はおくみだからこそ感じられるのだ。おくみといっしょにいる俺は青柳剣一郎ではない。雨太郎と呼ばれる一介の男に過ぎない。だからこそ、明鏡止水《めいきょうしすい》の境地になれるのかもしれない。

ふと、手を伸ばせばおくみの体がある。おくみは拒《こば》まぬだろう。だが、剣一郎は自制した。

多恵のことや、己《おのれ》の立場を考えてのことではない。おくみと男女の仲になれば、たちまち明鏡止水の境地から遠ざかるに違いない。情を結んだ男女に生じる媚《こび》のような甘えが邪魔をし、それまでのような穏やかな気持ちになれなくなる可能性が強い。

「でも、あれはやっぱり……」

ふいに、おくみは思い詰めたような目をした。

「正助のことか」

「はい。雰囲気は変わっていましたが、やはり正助だったような……」

おくみははっとしたような表情になり、

「申し訳ありません。つまらないことを考えたりして」

と、詫びた。

「いや。そなたにとってはたったひとりの身内。心配するのは当然だ」

剣一郎はなぐさめるように言ってから、

「もし、正助に会ったら、どうするつもりだ？」

と、穏やかな口調できいた。

「何年も音沙汰がないのです。生きていたとしても、新しい生活をしているはずです。私はそこに立ち入ろうとは思いません。ただ、弟の無事な姿を見ることと、母が亡くなったことを伝えたいだけです。そして、せめて母の墓参りをしてくれと……」

おくみは声を詰まらせた。

正助に似た男を見た動揺がまだ収まらないのだろう。これまでの苦労が蘇り、堪《こら》えていた悲しみが一挙に噴き出したのに違いない。だが、なおもじっと堪えている。

「おくみ。こちらに来なさい」

剣一郎はやさしく言う。

おくみは素直に膝をずらし、剣一郎の傍にやって来た。おくみは小さな顔を向けた。剣一郎はおくみの目尻の涙を人指し指の背で拭った。

「おくみ。涙が足りない。堪えることは必要ない。思いきり泣くがいい」

「はい」

素直に頷くと、ゆっくりとおくみの体が剣一郎の胸に崩れた。しっかと抱き留め、剣一郎はおくみを泣くに任せた。

それから、一刻（二時間）後、剣一郎は岩本町の暗い通りにやって来た。両側に小商いの店が並んでいる。

やがて、一膳飯屋『お多福』の提燈の明かりが見える。剣一郎はゆっくりした足取りで、『お多福』の前を素通りした。近くの路地の暗がりに岡っ引き与吉の手先が張り込んでいるのに気づいた。

『お多福』は小さな店だ。二階もあるが、大の男が何人も寝泊まりするには狭いようだ。

隣は炭問屋で、大戸が閉まっているが、二階の雨戸が少し開いているのに気づいた。気のせいか、そこから誰かが覗いているような気がした。

炭問屋の二階は、そこそこの広さがある。やはり、隠れ家だとしたら、この家ぐらいの広さが必要だ。

だいぶ先に行ってから、剣一郎はいま来た道に引き返した。『お多福』の前に差しかかったとき、向こうからやって来た男が『お多福』の戸を開けて中に入った。三十半ばの鋭い顔つきの遊び人ふうの男だ。

開いた戸の間から店の中を覗くと、小上がりの座敷に新兵衛の姿が見えた。

町角で佇んでいると、新兵衛が出て来た。

「ごくろう。どんな感じだ？」

剣一郎は笠をかぶったままきいた。

「これといっておかしなことはありませんが、二階の小部屋も開放しているらしく、さっき入った男は、亭主にひと言声をかけ、奥に向かいました」

「奥へ？」

「はい、梯子段があるのでしょう」

「二階もそれほど広い部屋があるとは思えぬが」

剣一郎は『お多福』の二階に目をやった。

「裏はどうなっているのか」

「塀を境に、裏長屋と接しています」

なにげなく、剣一郎は隣の炭問屋に目をやった。

雨戸はやはり少し開いている。

「何か」

新兵衛が不審そうにきいた。

「あの炭問屋。ちょっと気になる。明日にでも炭問屋の主人を調べてくれ。それから念のためだ。さっき入って行った遊び人ふうの男が出て来るのを待って、あとをつけてくれ」

「わかりました」

新兵衛をその場に残し、剣一郎は先に引き上げた。

屋敷に近づくにしたがい、だんだんおくみのことが気になった。小田原に出立した文七が帰って来るまで、まだ日数はかかりそうだった。

五

佐吉は雨戸の隙間から外を見た。

斜《なな》め向こうの路地の暗がりに黒い影が動くのを見て、佐吉は舌打ちした。

さっき、『お多福』に入ったとき、小上がりの座敷で酒を呑んでいた商人ふうの男が探るような目で奥に向かった佐吉を見ていた。

それに、背後をすれ違って行った編笠の侍も気になる。何か独特の雰囲気が伝わって来た。

『お多福』の亭主菊蔵にきいたが、ゆうべの件で、岡っ引きはやって来なかったということだ。だからといって、何事もなく済んだというわけではない。

気づかれた。そう思うしかない。

佐吉は部屋の真ん中に戻った。

「どうやら、目をつけられたようだ」

佐吉はその場に居合わせた者に言う。

「ほんとうか」

緊張した空気が流れた。

「まだ、『お多福』に目を向けているだけだが、いずれここも嗅ぎつけられるとみていい。明日にでも、ここを出るんだ」

「あとのことは心配しなくていい」

炭問屋の主人の喜兵衛が続ける。

「たとえ、火盗改めがやって来ようが、しらを切り通す」

「いや。火盗改めが相手では無理だ。ここを捨てよう」

「しかし」

「いや。用心に越したことはない」

「佐吉あにい。殺し屋のほうはどうなるんだ？」

石造がきいた。

「仕方ない。ほかの方法を考える」

殺し屋は湯島とこの隠れ家の二ヵ所を見張っている。だから、殺し屋を誘き出せるのだが、佐吉たちの最大の敵は火盗改めや奉行所だ。殺し屋にかかずらっていて、そっちが疎《おろそ》かになっては元も子もない。

明日、ここを引き払う手筈を整えたあと、

「とっつあん。いいかえ、ここを捨てるんだ」

と、強く言った。

「わかった」

それから、しばらくして、佐吉は部屋を出た。

裏口から『お多福』に入り、二階から下りて来た振りをして、戸口に向かった。

客は誰もいなかった。

佐吉は外に出た。寒そうに首をすくめながら、辺りを見回す。路地の暗がりから視線を感じる。

ふんと鼻先で笑い、佐吉は柳原の土手のほうに歩きだした。

湯島の隠れ家からここまで来る間、殺し屋は現れなかった。殺し屋のほうもこっちが待ち構えていることを知っているので、警戒しているのだろう。

通りに出てから、柳原通りにまっすぐ進む。そのときになって、はじめてあるかなきやの気配に気づいた。

つけられている。出たか、と思いながら、柳原通りの暗がりに差しかかった。いよいよ、暗い道に入る。

今度こそ、襲って来るだろうと、佐吉は懐に手を入れた。匕首《あいくち》を摑み、背後に神経を集めた。

いまに地をする足音が聞こえ、殺し屋は襲って来る。そう思っていたが、柳原通りの半ばまで達したのに仕掛けてこなかった。

やがて、佐吉は察した。あとをつけて来たのは殺し屋ではない。町方だ。だが、気配を消しての尾行はよほど武芸に秀でた者にしか出来ない。

岡っ引きではない。同心か。

ちっと舌打ちしてから、佐吉は頭を目まぐるしく回転させた。

同心なら行き場所を突き止めるのが目的だ。よし、それならと、佐吉は筋違橋を渡り、明神下から神田明神へと向かった。

参道は店も閉まり、人通りもない。鳥居を入って拝殿に向かう。常夜灯の明かりが灯っている。

男も鳥居をくぐって来た。商人体の格好をした男だ。変装をしているところをみると、隠密廻りか。

拝殿の前に立った。手を合わせる前に、いきなり振り返った。

だが、尾行者はいなかった。どこかへ移動し、こっちの様子を探っているのだろう。

佐吉はそのまま鳥居に向かった。左右に目を配った。右手の茶屋の陰で黒いものが動いた。

鳥居を出てから、佐吉は今度は湯島聖堂《ゆしませいどう》に向かった。だが、昌平坂の途中の暗がりで足を止めた。つけてくるはずの尾行者はいなかった。

撒《ま》いたという意識はない。諦めたのかもしれない。だが、まだ油断は出来ない。しばらく、その場に佇《たたず》み、夜気の中に尾行者の気配を窺った。だが、闇の彼方からしんとした静寂が伝わって来るだけだった。

こっちが気づいたことを知り、尾行を取りやめたものと思える。

ようやく安堵し、湯島の隠れ家に行こうとしたとき、ふと激しいものが胸の底から突き上げて来た。

ここは留三郎と彦三が殺された場所だ、と思い出した。旅立ちの朝、殺し屋はふたりを殺した。赤城村に行かせまいとしての犯行とは思えない。ただ、襲いやすかっただけに違いない。

しばし、ふたりの冥福を祈り、敵をとることを改めて誓ってから、佐吉は隠れ家に急いだ。

路地裏から隠れ家に近づいたとき、何かを擦るような音が微かに聞こえた。あっと気づいたときには、敵は間近に迫っていた。

佐吉は横っ飛びに倒れながら匕首を抜いて身に迫った相手の凶器を弾いた。起き上がろうとすると、黒い布で頬被りした男が武器を振り上げて佐吉に覆いかぶさって来た。倒れたまま、眼前に迫った太い針を匕首で弾いた。

素早く起き上がろうとしたが、それより早く、敵が再び武器を突き出して来た。佐吉は匕首で抵抗したが、またも倒れた。そのとき、右腕に激痛が走り、匕首を落とした。

相手は荒い息づかいで眼前に仁王立ちになった。

「おまえは誰だ?」

佐吉は右腕をかばいながら、立ち上がった。だが、足元がふらついた。

敵はゆっくり迫った。

あくまでも無言で、武器を構えた。だが、それより素早く、佐吉は敵の胸元に飛び込んだ。

佐吉の敏捷《びんしょう》な動きに、敵はあわてたようだ。佐吉は武器を持つ敵の腕を摑んだ。

佐吉の右腕にまたも激痛が走った。

両者は揉み合いになった。激痛が走り、覚えず力が緩んだ。その隙に、敵が佐吉を突き放した。

佐吉はよろけたが、なんとか倒れずに踏みとどまった。そして、手に敵が面を隠していた手拭いを摑んでいた。

「あっ、おまえは……」

目を剝《む》き、佐吉はあとの言葉を呑んだ。

殺し屋は逃げた。佐吉は茫然《ぼうぜん》と見送った。

(正助……)

そんなはずはない。正助は死んだはずだ。それに、正助はもっと弱々しい雰囲気の男だ。殺しなど出来るような男ではなかった。顔の鋭さも、正助とは別人だ。

だが、佐吉はいまの男が正助のような気がしてならなかった。

翌日、佐吉が隠れ家を引き払う支度をしていると、『紅屋』の亭主の島造《しまぞう》がやって来た。陣五郎一味から引退し、三年前にここで曖昧宿をやりはじめた。そして、陣五郎一味が江戸にやって来た際の隠れ家のひとつとして使っている。

「佐吉さん。腕はだいじょうぶなのか」

島造が眉間《みけん》に深い縦皺を寄せて言った。

「なあに、かすり傷だ」

ゆうべ、ここに帰り着いてから医者を呼んでもらった。やられたときは激痛が走ったが、思ったほど深い傷ではなかった。もう右手は使い物にならないのではと、覚悟をしたが、それほどの重傷ではなかった。

「相手は相当な腕だな」

島造は顔をしかめた。

「何か特殊な武術を使うようだ。だが、ふいを衝かれたからで、今度現れたら、やっつけてやるさ」

佐吉は強がりを言った。

「十分に気をつけることだ」

その賊が正助に似ていたとは、島造に話していない。

「それにしても、こんな別れ方をするとは想像もしなかった。おかしらによろしく伝えてくれ」

島造が寂しそうに言った。

「わかった。おかしらともう会う機会はあるまい。おかしらに、よく言っておく」

佐吉は目を潤ませている島造に言う。

「それにしても、こんなことになろうとは……」

島造は悔しそうに歯嚙みをした。

「あにい。支度が出来やした」

仙太が知らせに来た。

「よし。じゃあ、ふたりずつ出て、天神境内で待っていろ。俺が着いたら、先のふたりが出発だ」

「へい」

仙太が島造に向かい、

「島造さん。世話になった。達者で」

と、挨拶した。

「ああ、今度来るのを待っているぜ」

「じゃあ」

仙太は立ち上がって部屋を出た。

「今度来るときは、てっきりおまえさんがかしらになっているだろうと思ったんだが」

「俺はそんな器じゃありませんぜ。跡を継ぐのは、弥九郎のおじきですよ」

「そうだな。だが、おかしらも、おまえさんを一番頼りになすっているようだ。佐吉さん、おかしらのことを頼んだぜ」

くどいほど、島造は念を押した。

「ああ、任せてくれ」

佐吉が言うと、島造は安心したように口許を緩めた。

島造に別れを告げ、佐吉は湯島天神に急いだ。拝殿横にふたり、男坂のそばに仙太と鎌太郎が立っていた。

佐吉は境内を素早く見回したが、あやしいひと影は見いだせなかった。仙太が男坂を下った。それから、拝殿横のふたりが続いた。

辺りを見回し、佐吉は歩きだした。

下谷広小路に出て、山下から車坂町《くるまざかちょう》の角を曲がった。仙太には、御厩河岸《おうまやがし》の渡し場まで行くように告げてある。

稲荷町《いなりちょう》から田原町を過ぎ、蔵前《くらまえ》通りに出てから浅草三好町《みよしちょう》のほうに向かう。この間、用心深く、背後を注意したが、尾行者はいなかった。

御厩河岸から全員で渡し船に乗り込んだ。女中を連れた商家の内儀、行商の男、それに供を連れた宗匠頭巾《そうしょうずきん》の風流人らしい年寄りらが乗船したが、いずれも怪しい人間とは思えなかった。

船が岸から離れて、ようやくひと息ついた。たとえ、うまく尾行して来たとしても、尾行者は船には乗れない。

ゆうべの襲撃者は正助だったのか。いや、正助であるはずはない。奴は、東海道は藤沢《ふじさわ》を出てから始末した。馬入川《ばにゅうがわ》のほとりで全身をめった斬りにされて川に放り込まれた正助が生きているとは思えない。

それに、あの精悍《せいかん》な顔つきは正助とは別人だ。やはり、正助ではない。そう思った。

波が高く、船は揺れたが、対岸の本所側に着いて、陸に上がる。

尾行者の心配はないが、佐吉は用心を重ね、四人から少し離れてついて行った。

武家地を抜けて、横川に出て法恩寺橋《ほうおんじばし》を渡り、さらにまっすぐ進み、四ッ目通りに出て、南に向かった。

またも、ゆうべの男のことを考える。正助ではないと結論づけたが、しばらくすると、またも同じ疑念に襲われる。

確かに、精悍な顔つきで目つきも鋭かったが、そんななかにも正助の面影があった。しかし、正助であるはずがない。ひ弱な正助があれほどの技を使えるはずがない。

竪川《たてかわ》に出て、四ッ目之橋を渡り、ようやく猿江村の隠れ家が見えて来た。

隠れ家にはすでに、岩本町からも来ていて、座敷に全員が集まった。

床の間の前に霞の陣五郎が座っていた。その横に、跡目を継ぐことになる弥九郎がでんと構えていた。

座の中には、炭問屋の亭主をしていた喜兵衛の顔もあった。

「おかしら。おそくなりやした」

佐吉は挨拶する。

「うむ、ごくろう。邪魔なものはすべて始末してきただろうな」

「もちろんです」

かしらの陣五郎は頬がこけて、やせていた。佐吉は微かに胸が痛んだ。

数年前まではでっぷりとした腹で、顔がでかく二重顎。太い眉毛と白い揉《も》み上《あ》げ。分厚い唇が喋ると、別の生きもののように動く。その野太い声は満座の者を居すくませるに十分な迫力だった。

だいぶ病気が進行していることはやせた体でも想像出来るが、気力だけはまったく変わりなかった。

佐吉の右腕の包帯を見て、陣五郎が目を剝いた。

「佐吉。どうしたんだ?」

声も細くなっている。

「じつは、ゆうべ襲われ、不覚をとりました」

佐吉が言うと、一座がざわついた。

「奴は、柔術を使います」

「おめえまでが……」

陣五郎は絶句した。

「いや。今度は、やり返してみせます」

「相手はどんな奴だ？」

陣五郎は気にした。

「そのことですが、一瞬見えた顔が正助に思えました」

「なに、正助だと」

陣五郎は眉根を寄せ、不快そうな顔をした。

「ええ。ただ、精悍な顔つきやあの腕前からは正助とは思えないのですが」

「正助は死んだはずだ」

弥九郎が怒ったように言う。

「そのとおりなんですが……」

佐吉は一同に目を向け、

「正助をやったのは誰だ？」

と、きいた。

「へえ、あっしもやりました」

仙太が答えた。

「あとは？」

「あとは……」

仙太は仲間を見回し、

「保蔵、蔵六、豊三郎、それから留三郎……」

と、名を挙げたが途中で声が止まった。

「まさか」

仙太は悲鳴のような声を上げた。

「殺されたのは、正助殺しに関わった者ばかりだ。かくいう俺は、正助を殺せと命じたんだ」

佐吉は厳しい顔で言う。

「そんな……。正助は確かに死んだんだ」

仙太が昂奮《こうふん》して言う。

「馬入川の河原で正助の体をめった斬りにして、止《とど》めを刺して荒縄で結わえて川に放り込んだ」

そのときの様子を、仙太は語った。

少し離れた場所で、佐吉もその様子を見ていた。確かに、仙太の言うとおりだ。止めを刺したのも見ている。

夜のことだったが、月影も射し、見誤ることはなかった。

やはり、正助が生きているとは考えられない。そう思ったが、何か手落ちがあるような引っ掛かりを覚えた。

なんだろうか。いったい、俺は何を気にしているのか。

「佐吉。どうした？」

陣五郎の声にはっと我に返り、

「へえ、ちょっと……」

と、佐吉は小首を傾げた。

いま、陣五郎に呼びかけられたとき、脳裏に何かが掠めた。黒い影が振り返った。正助ではない。

誰だ、おまえはと心の内で問いかけて、佐吉ははたとある考えが浮かんだ。

「仙太」

佐吉は仙太を食い入るように見つめ、

「正助の止めを刺したのは誰だ？」

と、きいた。

「止め？」

「それは、保蔵……」

言いかけて、仙太は声を呑んだ。

「あっ」

「幹太だな」

佐吉は先に口にした。

「そうです。保蔵が殺るところを、幹太が俺がやると言い出したんです。幹太と正助は馬が合ったのか、よくつるんでいました。正助の止めは俺にさせてくれと志願し、幹太がやったんです」

「やはり、そうか」

佐吉は自分の想像が当たっていることを確信した。

「佐吉あにい。どういうことだえ」

仙太が不安そうにきいた。

「うむ」

佐吉は大きく息を吐いた。

「佐吉。まさか、幹太が助けたって言うのか」

弥九郎が睨み付けるような目を向けた。

「へえ、そうです。止めを刺す振りをしただけです。それだけじゃなく、縛ってある縄に切れ目を入れたかもしれない」

川に落とされたとき、正助はまだ息があったのだ。瀕死《ひんし》の重傷ながら、死んではいなかった。だが、あれだけの手傷を負いながら自力で助かったとは思えない。

誰かに助けられた。そうとしか考えられない。

「そんなはずはねえ」

反論する仙太の声も弱々しい。

「幹太の敵娼《あいかた》の女が足抜けするのを手助けした男がいたそうだな」

「へえ」

「その男は幹太の弟じゃねえ。男が正助だということも考えられる」

「しかし、あんな非力な男に無理だ」

誰かが叫ぶように言った。

「そうだ」

佐吉は応じた。

「俺が見たのは確かに正助だとは言い切れねえ。だが、その可能性もあるってことだ。あれから三年。正助は武術の師についてひと殺しの技を学んだのかもしれねえ。俺たちへの復讐に燃えてのことだ。どんな辛い修行もこなしていったってことは十分に考えられる」

一座に沈黙が流れた。

「正助め」

陣五郎が憎々しげに吐き捨てた。

正助の特技に目をつけ、仲間に引き入れたのは陣五郎だ。陣五郎は小田原で飾り職人の正助が鍵開けを得意としているという噂を聞きつけ、接触したのだ。

だが、正助は悪に徹することは出来なかった。一味から脱走するという掟破りを犯し、制裁を受けたのだ。

「少なくとも、相手は正助に似た男だ。それを頭に入れて用心するのだ」

佐吉はみなに注意をした。

「佐吉」

弥九郎が呼びかけた。

「『灘屋』の件だが、おかしらはやると決意された」

「なんですって」

佐吉は驚いて陣五郎を見た。

「佐吉、俺はやるぜ」

「しかし」

「佐吉。おかしらが決めたんだ。逆らうことは許されねえ」

弥九郎が佐吉の反対を押さえつけるように言った。

「やるのは、いつで？」

佐吉は表情を曇らせてきいた。

「近々だ。早いほうがいい」

「おかしら、待ってくれ」

佐吉はあわてて言う。

「やるのはいい。だが、いまは危険だ。火盗改めや奉行所だって目を光らせている。少なくとも、殺し屋をやっつけてからでないと」

「そんな悠長なことはしていられねえ」

陣五郎が声を荒らげた。

「いけねえ。おかしら、思い止まってくださいな」

「佐吉。いやなら、おめえなしでやる。おう、おめえたち、どうだ？」

陣五郎は手下の反応を確かめた。

すぐに手下たちから反応はなかった。仙太が何かを言いかけたが、諦めたように口を閉ざした。

手下たちの反応が鈍いのは、今度の押込みが危険だというより、佐吉が参加しないことに不安を感じているのだ。

「このまま、なにもせずにのこのこ江戸を離れたら、霞の陣五郎の名折れだ。そればかりは受け入れられねえ」

陣五郎は強い口調になった。

「佐吉。おかしらの気持ちを考えろ」

弥九郎が迫った。

佐吉はため息をつくしかなかった。陣五郎の気持ちは強いようだ。いくら、異を唱えても、一度決めた考えを翻《ひるがえ》すことはないだろう。

やむを得なかった。おかしらが、もう引き返すことは出来ない。

「おかしら。おかしらが、その気なら、あっしもやりますぜ」

佐吉は顔を上げた。

「おう、やってくれるか」

陣五郎の目が光った。

「へえ。五人の仲間を失ったが、まだ十人以上はいる。押し込むのはそれだけで十分だ」

　手下たちの不安を打ち消すように、佐吉は言った。こうなったら、やるしかないのだ。やるからには、自分が先頭に立たなければならない。

「みなもいいか」

　佐吉は自分を殺した。

「へい」

　手下たちは口々に応えた。

　佐吉は不安を胸の奥に畳んで、

「で、いつ？」

　と、陣五郎にきいた。

「二十一日だ。前日の二十日は恵比寿講《えびすこう》だ。『灘屋』でも、客を招き、酒宴が繰り広げられるだろう。その翌日なら、油断しているはずだ」

　恵比寿は七福神のひとりで、商売の神、福の神である。各商家では十月二十日は商売繁盛を祈り、恵比寿講の祭を執り行なう。その日は親類、縁者、顧客などを招いてご馳走をし、賑やかに夜を過ごす。

　陣五郎は、その翌夜の店の者が疲れ、油断をしているところを押し入ろうと言うのだ。

「わかりました。そこに向けて、我らも動き出します」

もう後戻りは出来ない。盗賊の大親分としての意地が突き動かしたのか、陣五郎は恐ろしい形相《ぎょうそう》で一同を睨み付け、

「いいか。奪うのは二千両だ。ましらの保蔵らはいないが、残った者で十分だ。終わったら、かねての手筈《てはず》どおり、江戸ともおさらばだ」

「へい」

一同は声を揃えて気勢を上げた。

「おかしら」

佐吉はすぐに口をはさんだ。

「今度は、いままでのやり方を変えたいと思うのですが」

「なに、変える？」

「へい。あっしに手筈を整えさせていただけますか」

佐吉は陣五郎に迫った。

「よし。いいだろう。佐吉に任す」

「ありがとうございます」

これまでのような荒っぽいやり方は避けたほうがいい。
こんどは慎重の上にも慎重にやらねばならないと気を引き締めた。
佐吉は、身の軽い仙太を使うことを考えた。

第四章　別離

一

　翌日の朝、剣一郎は京之進とともに一膳飯屋『お多福』の戸口の前に立った。岡っ引きの与吉が戸を激しく叩いた。

「開けろ」

　戸は心張《しんば》り棒《ぼう》がかってあって、開かない。

「誰かいないのか」

　与吉の声がさらに大きくなったが、内側から物音ひとつしない。

　通行人や近所の者もこっちの様子を窺《うかが》っている。

「叩き壊しますか」

　与吉が乱暴に言う。

「いや、まずい」

京之進が与吉に言う。

剣一郎は微《かす》かな不安を覚えた。朝の五つ（午前八時）を過ぎ、付近の商家は店を開けている。夜の遅い商売だから、朝が遅いのはわかるが、この時間まで寝ているのは解せない。それに、隣の炭問屋の大戸も閉まっているのが気になった。

「京之進、気になる。裏口を壊して中に入ってみよう」

剣一郎が戸を壊すと言ったことに少し驚いたようだが、京之進はすぐに与吉に裏にまわるように言った。

与吉が裏に向かった。

しばらくして、内側から物音がした。与吉が裏口から侵入し、心張り棒を外しているのだ。

内側から戸が開いた。与吉が強張《こわば》った顔で立っていた。

「どうした？」

不審そうに、京之進がきいた。

「ひょっとして、亭主が？」

剣一郎は察した。

「へい。板場で……」

剣一郎と京之進が飛んで行った。

亭主と思える白髪《しらが》の年寄りが仰向けに倒れ、心の臓あたりが黒く血に染まっていた。

「口封じだ」

剣一郎は眦《まなじり》をつり上げ、残虐な陣五郎一味のやり口にいまさらながらに怒りが込み上げた。

その間にも梯子段を上がり、二階を調べて来た与吉が、

「上は誰もいません」

と、知らせた。

「隣の炭問屋だ」

「炭問屋？」

京之進ははっとして、すぐに与吉に命じた。

「待て。裏から通じているはずだ」

剣一郎の想像したとおり、裏戸を出る手前に、隣へ出入りする扉があった。そこを抜けると、炭問屋の勝手口に出た。

剣一郎はそこでも血の匂いを嗅いだ。

「無残だ」

まだ、死体を見つけていないのに、覚えず呟いた。

やがて、京之進が土間と廊下でふたつの死体を見つけた。いずれも奉公人のようだ。

「酷《むご》いことを」

剣一郎は覚えず怒りから声を震わせた。

二階に上がった。二階に三部屋あった。どの部屋にも、空の徳利や茶碗、それに着物などの、ひとのいた痕跡があったが、とうにもぬけの殻だった。

「ちくしょう」

与吉が地団駄《じだんだ》を踏んだ。先の夜、三十半ばぐらいの男と出会い、声をかけたことが、『お多福』に疑惑を向けるきっかけだった。

それ以上に踏み込まなかった自分に腹を立てているのだ。

「ここが、霞の陣五郎一味の隠れ家だったのだ」

剣一郎は部屋の中を見回して言う。

京之進たちが賊たちが置いていった物を調べている。だが、たいして手掛かりにはなるまい。

「私は湯島にまわる」

京之進に断り、剣一郎は部屋を出た。

湯島の曖昧宿には平四郎が向かったはずだ。こっちが逃げ出したあとだとすると、おそらく向こうも同じことになっているだろう。

柳原通りから筋違橋を渡り、明神下に出た。朝からどんよりした曇り空だが、雨の降る心配はなさそうだった。

だが、曇天と同様、剣一郎は心も暗かった。

妻恋坂を上がり、件《くだん》の曖昧宿の前にやって来た。

だが、ひとの動きがあわただしい。剣一郎は中に入り、平四郎を見つけた。

「どうした?」

「あっ、青柳さま。店の者がふたり、殺されていました」

「やはり……」

剣一郎は愕然《がくぜん》とした。

「亭主はいません。逃げたようです」

平四郎は無念そうに言う。

岡っ引きの久助が剣一郎に声をかけた。

「青柳さま。外で、お侍さまがお呼びでございます」

「侍？」

「どうやら、火盗改めの与力のようで」

「よし」

剣一郎は外に出た。

大柄な武士が立っていた。

「青柳どの。お初にお目にかかる。火盗改め与力の山脇竜太郎と申します」

火盗改めには顔見知りの与力がいるが、この山脇と会うのははじめてであった。だが、この山脇が密偵の虎吉なる者を遣わしたことによって、一連の殺しの被害者の身許が明らかになったことは聞いていた。

「やはり、ここが一味の隠れ家でござったか」

山脇が探るようにきいた。

「さよう。だが、もぬけの殻でした。奉公人が殺されていました」

ふたりは、湯島天満宮境内に足を踏み入れていた。

「たとえ仲間であっても、邪魔者や足手まといの者は容赦なく殺す。それが、霞の陣五郎一味でござる。身に危険が及びそうなものは素早く排除する」

「非道な連中だ」

剣一郎は覚えず声に怒りを含ませた。

「新しい隠れ家の手掛かりもおそらく残していないでしょう」

山脇は当然のように言う。

「おそらく」

剣一郎は無念そうに言う。

ふたりは人気のない拝殿《はいでん》の脇に足を向けた。

「ましらの保蔵や浅間の蔵六らを殺した人間について何か手掛かりは摑めましたか」

「いや、まだです」

剣一郎は答える。

「青柳どの。相談ですが、このように荒っぽい凶悪な陣五郎一味を相手にするのは、町奉行所の手には余りますまいか」

「………」

相手の真意を察したが、剣一郎はあえて黙っていた。

「この隠れ家の件にしても、我らであれば後れはとらなかったはず。いや、誤解なきように願いたい。町奉行所の力をあなどっているわけではござらん。捕縛の手立ての違いだ。我らは、怪しいと思えば容赦なく、どこへでも踏み込める。奉行所のように、証拠がどうのこうのというしち面倒くさいことは必要ない」

　山脇は含み笑いをした。

　そのことに異を唱えることは出来なかった。

　だが、火盗改めのやり口はひとつ間違えれば、無実の人間を罪に陥《おとしい》れる危険性がある。

「逃げられたことに言い訳は出来ませんが、我らは我らが正しいと思う方法で探索を進めて参る」

　剣一郎はきっぱりと言った。

「しかし、陣五郎一味に関しては我が火盗改めのほうが深く関与をしている。もう一度お訊ねするが、ましらの保蔵や浅間の蔵六らを殺した人間についての手掛かりはまだ摑めていないとのこと。それは確かでござるか」

「残念ながら、摑めておりません」

　剣一郎は無念を抑えて言った。

「そうでござろう」

　山脇は嘲笑を浮かべ、

「我らは、すでに見込みを立てている」

と、誇るように言った。

「誰ですか」

「昌平坂で殺された旅装姿のふたり。あのふたりはどこへ行くつもりだったか、わかっておりますかな」

冷笑を浮かべたまま、山脇はきいた。

「いや、知りません」

「赤城村だと思う」

「赤城？」

「それ以上は言えぬ。もし、探索から手を引くということであれば、教えて進ぜるが、いかがかな」

「いや。手を引くことは考えられぬ」

「仕方ない。だが、我らの邪魔立てだけはなさらぬように」

山脇は引き上げて行った。

山脇はなんらかの見当をつけているようだ。赤城村に向かったとはどうしてわかったのか。

具体的にその人物の想定がついているようだ。新兵衛の報告だと、元盗賊の密偵らの伝《つて》から盗賊を捕まえ、拷問にかけて、霞の陣五郎一味のことを聞き出しているらしい。

確かに、霞の陣五郎一味の件では火盗改めのほうが先行していることは間違いない。

だが、奉行所としても、このまま引き下がるわけにはいかない。たとえ、被害者が盗賊仲間だったとして、市中で起きた殺しなのである。

火盗改めに任せるわけにはいかない。

編笠をかぶり、鳥居に向かいかけて、剣一郎はふと足を止めた。

ひとりの女が女坂を上がって、拝殿には向かわず、正面の鳥居のほうに向かったのだ。おくみだった。

おくみは鳥居の脇に立った。剣一郎は離れた場所から様子を窺った。

参拝客の出入りが激しい。おくみはひとの流れを見ていた。正助に似た男を探しているのだと思った。

必死な顔つきには、正助に会いたいという強い思いが現れていた。

剣一郎はおくみに気づかれぬように男坂を下った。

夕方になって、湯島天満宮に戻ると、すでにおくみの姿はなかった。

諦めて引き上げたのだろう。ふたたび、正助に似た男と巡り合うのは無理だったはずだ。肩を落とし、悄然《しょうぜん》と引き上げるおくみの姿が想像され、剣一郎は胸に痛みを覚えた。

迷った末に、剣一郎はおくみの家に向かった。

あれから、京之進と平四郎に会ったが、ふたつの隠れ家での殺しについて、まだ手掛かりはなく、いずこに逃げたか霞の陣五郎一味の行方もつかめなかった。

火盗改め与力の山脇竜太郎の顔が脳裏を掠め、剣一郎は焦燥《しょうそう》を覚えたが、おくみのことも気になった。

今度は女坂を下り、池之端仲町から下谷広小路に出て、三橋を渡った。

西陽が不忍池に射していた。剣一郎はおくみの家の前に立った。

格子戸を開ける。

「ごめん」

剣一郎が声をかけると、奥から小走りにおくみが出て来た。

「お帰りなさいませ」

「うむ」

剣一郎は大刀を腰から外し、座敷に上がった。

居間に行くと、白い花が活けてあった。静かだ。まるで、奥山の庵にでも迷い込んだような静けさだった。

「酒ではなく、茶をもらおう」

剣一郎が言うと、一瞬哀しげな顔をしたが、すぐ元の穏やかな表情になり、

「畏まりました」

と、おくみは応じた。

「もう、あれからひと月は経つのですね」

おくみは感慨を込めて言う。

雨の降る日、剣一郎は夢見により兄の墓参りに行った帰りで、おくみは願掛けの満願の日だった。はじめての出会いを思い出して、おくみは恥じらいを含んだ笑みを浮かべた。

「でも、ふと思うことがあるのです」

おくみは俯けていた顔を上げ、

「いっそ、お会いさえしなければと……」

と、震えを帯びた声で言った。

その言葉は剣一郎の胸を抉《えぐ》った。

「日陰者でもいい。出来ることなら、雨太郎さまのおそばにずっと置いて欲しいと願ってしまいました。でも、それは叶いません」

おくみは涙ぐんだ。

おくみとの別れが近づいていることを悟らねばならなかった。小田原に帰らねばならないのだ。

旦那から与えられた期間は三月。その期限が今月末にも迫ってきた。旦那と別れることは出来ないのか。剣一郎は喉元まで出かかった。

自分にとって、おくみはどういう存在なのか。剣一郎は自身に問うてみた。心の安らぎをもたらしてくれていたが、じつはおくみのほうは重たいものを抱えているのだ。では、おくみにとって剣一郎は……。

「やはり、酒をもらおう」

しばらくしたら帰るつもりだったのだが、このまま引き上げられない気持ちになった。

「はい」

おくみはうれしそうに立ち上がった。

おくみの酌を受けて、酒を呑む。おくみもほんのり頬を染めた。俺は女のひとりをも救ってやれぬのか。

「おくみ」

剣一郎はたまらず問いかけた。

「何か私に隠していることがあるな。私に出来ることなら、なんでもしよう。話してもらえないか」

「ありがとうございます。でも、これは私だけのこと……」

「しかし」

「いいえ、雨太郎さまのお気持ちは私の心に大切に」

そう言い、おくみは胸に手をやった。

「雨太郎さま」

おくみが恥じらいを含んだ目を向けた。

「そっちに行ってもいいですか」

「来なさい」

剣一郎はやさしく応えた。

その夜、屋敷に戻ったのは五つ（午後八時）をまわっていた。

「文七さんがお待ちです」

出迎えた多恵が言った。

文七が小田原から帰って来たのだ。剣一郎は急いで濡縁に向かった。

文七は庭先でずっと待っていたらしい。旅装のままなのは、江戸に帰り着き、まっすぐ屋敷にやって来たのだ。

「待たせたな」

剣一郎は声をかけた。

「いえ」

文七はなんでもないように答えた。

「まず、おくみと正助姉弟のこと、ほぼ間違いありませんでした」

その報告に、剣一郎はなぜかほっとした。おくみに秘密がある様子が気がかりだったのである。

「弟正助は飾り職人でございました。腕はよく、なかなか評判はよかったようですが、独立したとたん、親方の妨害があったらしく、あまり客に恵まれなかったようです。そんなときに、江戸の小間物屋に誘われて、江戸に出たということです」

おくみの話と合致している。

「その小間物屋ですが、年に何度か小田原に現れるとのこと。名を時右衛門といい、四十半ばぐらいの恰幅のよい男だったということです。時右衛門は正助の腕を買って、ぜひ江戸で仕事をと誘い、正助を江戸に連れて行ったということです」

このことも、おくみから聞いた内容と同じだ。

「だが、時右衛門という男の話は嘘だったようだ」

剣一郎はおくみが必死に正助を探す姿を脳裏に蘇らせた。

「じつは、気になることを耳にしました」

文七が身をいくぶん乗り出して言う。

「気になること？」

「はい。正助は昔から指先が器用だったと申します。じつは、正助の家の数軒先に錠前屋がありました。正助は錠前を開けるのがうまく、錠前屋から頼まれて鍵をなくしたひとのところに行って錠前を開けてあげたりしていたそうです」

「なに、錠前？」

「青柳さま。ひょっとして、正助を江戸に誘った時右衛門は盗賊では？」

文七は確信しているように言った。

「十分、考えられる」

一年半後に五両もの大金がおくみのもとに届けられたという。そんな大金をどうしたのか。盗賊の手先になったとしたら、五両を二度にわたっておくみに送ることも可能だ。

だが、その後、何かあったのだ。

「それから、おくみという女ですが、三年前に『伊豆屋』という糸物問屋の主人の妾《めかけ》になっておりました」

おくみは主人から三ヵ月間の暇をもらって、江戸に正助を探しに来たのだ。残された期間はあと僅か。小田原に帰らなければならないのだろう。

「じつは、おくみのことで……」

文七が戸惑い気味に言った。

急に不安が差し、剣一郎は文七に気づかれぬように吐息をついた。

二

佐吉は京橋を渡って新両替町一丁目の酒問屋『灘屋』の前に差しかかった。

大屋根の向こうに白い土蔵が見える。江戸でも有数な豪商であり、大名家にも、金を貸しているという噂だ。

背中に荷を背負い、小間物の行商人に化けている。店の横に大八車がついて、酒樽を運び入れていた。

途中から引き返し、再び『灘屋』の前を通った。

京橋の手前を右に折れたところで荷を下ろし、煙管《きせる》を取り出した。ひと息ついているふうを装った。

飴《あめ》屋姿の仙太が近寄って来た。少し離れたところで、仙太も休む。お互い、目を合わせず、他人を装った。

「権助《ごんすけ》に連絡がとれました」

仙太が川を見ながら言う。

「ごくろう」

権助は三年前から『灘屋』に下男として住み込ませている男だ。権助に、押込みは二十一日だと告げたのだ。

だが、二十日の夜、恵比寿講の賑わいに乗じて、権助に裏口を開けてもらい、仙太が屋敷内に侵入する。そして、仙太は縁の下で一晩過ごすのだ。その間、主人の部屋に忍び入り、土蔵の鍵のありかを確かめておく。

そういう手筈を整えたのだ。

「じゃあ、お先に」

仙太は荷物を背負い、その場から立ち去った。

佐吉もゆっくり立ち上がった。

京橋を渡って行く仙太になにげなく目をやり、佐吉はあっと叫んだ。仙太の背後から笠をかぶった男がついて行く。縞の着物を尻端折《しりつぱしよ》りし、軽快な身の動きだ。例の殺し屋に似ていた。佐吉はあとをつけた。

仙太はつけられていることに気づいていないようだ。竹河岸《たけがし》を過ぎ、楓川《もみじがわ》沿いをまっすぐ北に向かう。

やはり、笠の男は仙太のあとをついて行く。仙太はそのまま江戸橋を渡った。

それから日本橋川沿いを小網町《こあみちよう》へ向かう。仙太はこのまままっすぐ永代橋《えいたいばし》を渡り、猿江村の隠れ家に帰るつもりなのだ。

笠の男は人気のないところで仙太を襲うつもりなのか。それとも、隠れ家を突き止めるつもりか。

が、箱崎《はこざき》の手前で笠の男は行徳《ぎようとく》河岸に折れた。仙太は箱崎橋を渡って、だいぶ先に行った。

佐吉は笠の男を追って、遅れて行徳河岸に曲がった。だが、すでに笠の男の姿は見えなかった。

海産物問屋の前を通る。どこかに潜り込んだか。笠の男はなんでもなかったのか。ここまで同じ道を辿って来たのは偶然だったのか。

いや、そんなことはない。奴は仙太を尾行していたのだ。では、なぜ、尾行を諦めたのか。

後ろから、佐吉がつけているのに気づいていたのかもしれない。佐吉は辺りを警戒しながら、大川沿いを行く。左側は武家屋敷が続く。

新大橋《しんおおはし》に出た。逆につけて来るかと思ったが、その気配はなかった。

佐吉は新大橋を渡った。長さ一〇八間（約一九五メートル）と長く、真ん中辺りで欄干《らんかん》に寄って立ち止まり、振り返った。

橋を行き交う者は多いが、例の笠をかぶった男は見当たらなかった。もっとも、笠を捨て、姿を変えているかもしれないが、それでも正助に似た男はいなかった。

しかし、なぜ、尾行をやめたのか。尾行をやめたこと自体が不気味だった。何を考えているのか。

（まさか……）

佐吉は想像して慄然《りつぜん》とした。

これまで、殺し屋はましらの保蔵、蔵六、豊三郎、留三郎、彦三の五人を殺した。もし、殺し屋が正助だとしたら残りの狙う相手は佐吉に仙太、それにかしらの陣五郎だ。

あと三人を殺るのは厳しいと判断したら、残る手段は他の人間に代わりにやらせることだ。他の人間とは、火盗改めだ。

火盗改めの連中は荒っぽい。抵抗すれば斬り殺す。当然、佐吉や仙太、陣五郎はおとなしくお縄になることはない。徹底的に抵抗する。

それを狙っているのかもしれない。まだ、猿江村の隠れ家は知られていない。だから、そこに踏み込まれる恐れはない。

だが、仙太や佐吉が新両替町をうろついていたところを見られたことが気になる。それだけで、狙いが『灘屋』だと思われないだろう。いや、仙太は『灘屋』に入り込んでいる権助と会ったのだ。それを見られていたら……。

それにしても、奴はいつどこで、仙太を見つけたのだ。偶然、出会ったのだろうか。そのことを考えて、佐吉は愕然とした。

奴は最初から、『灘屋』の付近で待ち伏せていたのだ。でなければ、うまく仙太を見つけ出せるものではない。

『灘屋』には三年前から権助を潜り込ませている。正助はそのことを知らないが、もし、幹太と会っていたら、幹太から聞いたかもしれない。いや、聞いたのだ。奴は、霞の陣五郎一味の狙いが『灘屋』だということを知っていたのだ。

だから、『灘屋』の近くで待ち伏せていたのだ。なんたることか、と佐吉は覚えず天を仰いだ。

奴はこっちの動きをすっかり読んでいるのだ。佐吉もまた、相手の考えがわかった。

火盗改めに知らせ、我らが『灘屋』に押し入ったところに踏み込ませるつもりに違いない。

佐吉は新大橋を渡り、深川に入ると、用心のために遠回りをし、ようやく猿江村の隠れ家に帰った。

その夜、陣五郎の前に全員が集まった。

「当夜の船の手配も出来た。昼間、船で京橋川を上って来た。『灘屋』は船で逃げるにはふさわしい場所にある」

陣五郎は鋭い目で言う。だが、眼光に往年の鋭さはない。表情にもいつもの余裕はなかった。追い詰められている。そんな印象すら持つ。

佐吉は、迷った。出来ることなら、中止させたかった。だが、陣五郎がいまさら佐吉の説得など聞く耳を持たないだろう。

「おかしら」

事実だけは報告しておこうと思い、佐吉は口を開いた。

「きょう、例の殺し屋が『灘屋』の前から仙太のあとをつけて行きました。あっしもあとをつけましたが、途中で姿を消しました。奴は、我らが『灘屋』に狙いを定めていることを読んでおりますぜ」

一座から動揺が走った。

「奴は我らのことを火盗改めに告げるはずです。奴の狙いは、『灘屋』に押し込んだ我らを火盗改めに捕縛、いや斬り殺させる腹ですぜ」

「だから、どうだって言うのだ?」

陣五郎は鋭い眼光を佐吉に向けた。

「いまさら取りやめるわけにはいかねえ」

「しかし、みすみす火の中に飛び込んで行くようなものですぜ」

佐吉はなおも説得した。

「佐吉。臆したか」

弥九郎が冷笑を浮かべた。

「いいえ、そうじゃねえ。そうじゃねえが、狙いを変えたほうがいい。あるいは、せめて延ばしたほうがいいと……」

「ならねえ」

やはり、陣五郎の意志は岩のように固い。それを打ち砕くのは無理だ。

「いいか。『灘屋』は三年前から決めていたところだ。あそこの蔵には千両箱が山のようにある。これまでにも、何組かの盗賊が押し入って失敗したところだ。あそこを襲えるのは霞の陣五郎一味の他にはねえ」

陣五郎は意気込んで言う。

おかしらも焼きがまわったと、佐吉は寂しくなった。いままでの陣五郎なら、危ない橋を渡らなかった。自分の体の具合もよくなく、手下が五人も殺された。これを最後に引退を決め、有終の美を飾りたいという焦りもあるのか。

「わかりました。ただ、当夜はおかしらは船に残っていてください。押込みは弥九郎のおじきがいてくれればだいじょうぶです」

万が一、火盗改めに踏み込まれても、陣五郎だけは助けたいと思ったのだ。

「よし、いいだろう」

それだけは、陣五郎も了承した。

散会になってから、佐吉は外に出た。月が田圃《たんぼ》をやけに黄色く照らしている。不吉な思いで、佐吉は羅漢寺《らかんじ》の伽藍《がらん》を見つめた。

足音がした。

「佐吉あにい」

「仙太か」

「どうなるんだ、今度の仕事は？」

仙太は不安そうな声できいた。

「なるようになるだけだ」

「ほんとうに、火盗改めが動くのだろうか」

「わからねえ。俺の考え過ぎだろう」

佐吉はそう思いたかった。

「じつは、俺もなんとなく今度ばかしは気が進まないんだ」

「何も考えるな。あのおかしらについていけば何も問題ない」

佐吉は自分自身に言い聞かせるように言った。

「ああ」

仙太は気のない返事をした。

「やっぱり、正助なのだろうか」

仙太が怯えたように言う。

「俺は正助だと思っている。これだけの執念で、俺たちに迫って来るのは正助以外に考えられねえ。正助は誰かに助けられたんだ。それから、復讐の鬼と化したんだ」

そのために、正助は武術の修行に励んだのだろう。復讐の鬼と化した正助にはどんな辛い修行にも耐えられたに違いない。

正助の目的は、霞の陣五郎一味を壊滅させることだ。ひとり残らず、始末することに違いない。

冷たい風に当たり、体が冷えて来た。

たったひとりのために一味が全滅する。そんなことはあってはならない。必ず、防ぐのだと、佐吉は握った拳《こぶし》に力を込めた。

三

翌日の昼下がり、剣一郎は谷中の善正寺に赴《おもむ》き、兄の墓の前に立った。鈍く弱々しい陽光が射し込んでいる。

墓前に手を合わせ、剣一郎は語りかけた。

(兄上。あなたは私とおくみを巡り合わせ、私に何をさせようというのですか。おくみのために、弟の正助を探してやれと仰るのですか)

剣一郎は心の内で問いかける。

兄の夢を見て、雨の日に墓参りをした。その帰りに、おくみと出会ったのだ。そのおくみは、弟正助を探して願掛けをし、その満願の日だった。

(おくみは過酷な運命にさらされています。私におくみを助けてやることが出来ましょうか)

剣一郎は兄と語り合った。

長い時間、墓前にいた。陽が傾いてきた。剣一郎はようやく立ち上がった。

不忍池の辺《ほとり》に出て、弁財天の前を過ぎ、おくみの住む仁王門前町にやって来た。迷った末に、おくみの家に足を向けた。

おくみの家の格子戸を開けると、奥から出て来たのは住み込みの娘だった。ちょっと困惑した表情をしたので、おくみが留守だとわかった。

「昼餉をとってから外出してまだ帰って来ないのです」

と、娘は心配そうに答えてから、

「どうぞ、お上がりになってお待ちください。もう、帰って来る頃かと思います」

「いや、出直そう」

そう言い、剣一郎はそのまま外に出たが、すぐに湯島天満宮に向かった。

先日、正助に似た男を見かけたという天満宮にいるのだと思った。

女坂を上がり、境内に出た。そして、灯籠《とうろう》の陰から鳥居をみると、柱の横に立っているおくみを認めた。

一度見かけた正助に似た男を探しているのだ。同じ場所で待てば、いつかまた通る。そういう期待をしているのだろう。

しばし、おくみを見守っていてから、剣一郎は引き返した。そして、歩きだしてすぐ、男坂から姿を現した男が目に入った。三十前後か。老けて見えるが、肌は若そうだ。二十六、七かもしれない。

着流しの遊び人ふうの男で、鋭く鑿《のみ》で彫ったような精悍な顔つきだ。冷たい目だ。腰も据わり、体から一種異様な雰囲気を漂《ただよ》わせている。だが、孤独感が滲《にじ》み出ている。

すれ違ったとき、微かに血の匂いを嗅いだ。錯覚だったかと思うほど一瞬だったが、剣一郎は気になった。

振り返り、剣一郎は男の後ろ姿を目で追った。男はひと込みを巧《たく》みに縫《ぬ》った。が、鳥居の前で突然、男は立ち止まった。そして、まえにいた商家の旦那ふうの男の後ろに隠れ、あわてたように拝殿のほうに急いだ。

剣一郎は一瞬、何が起こったかわからなかった。男は何かに驚いたようにも思えた。

（まさか……）

おくみを見たのではないか。

おくみのほうは気づかず、相変わらず目の前を通る参詣客に鋭い視線を当てている。

剣一郎は男のあとをつけた。正助ではないかと思ったのだが、おくみから聞いていた正助はもっとひ弱そうな印象だった。いまの男は鋭い顔をしている。

正助かはともかく、ただ者ではないと、剣一郎は気になった。

男は神社の裏門から切り通しに出て坂道を上がった。そして、天満宮の脇の道に折れた。そして、天満宮の横を上がって、やがて男がやって来たのは妻恋町だった。天満宮の境内を突っ切ったほうが近道だった。男は格子造りの小粋《こいき》な家に入って行った。常磐津《ときわず》指南の看板がかかっていた。

常磐津の師匠の間夫《まぶ》かもしれない。だが、鳥居を抜けてくれば、近道なのに、わざわざ鳥居の前から向きを変えて遠回りした。

やはり、おくみを見つけたのに違いないと、剣一郎は思った。

剣一郎はその場を離れた。

湯島天満宮の参道を行き、鳥居に近づいたが、すでにおくみの姿はなかった。諦めて引き上げたものと思える。

剣一郎は境内に入り、女坂を下りた。

再び、おくみの家を訪れると、今度はおくみが出迎えた。

「先ほどいらっしゃったそうでございますね。留守して、申し訳ございませんでした」

おくみは三つ指ついて頭を下げた。

「なあに、私がふいに訪れたのだ。気にすることはない」

剣一郎は居間に落ち着いた。

おくみは複雑な事情を抱えている。文七の調べで、剣一郎はすべてを呑み込んだ。そして、きょうもおくみは湯島天満宮境内で正助を待ち、むなしく引き上げて来た。そんな気落ちした心境にも拘《かか》わらず、おくみの表情はいつもと変わらず穏やかで、剣一郎に安らぎを与えてくれた。

「上野の紅葉《もみじ》も見頃でございます」

おくみは哀しげな表情で言った。

この辺りで紅葉の名所といえば、上野東叡山や谷中天王寺、根津権現《ねづごんげん》の境内などである。おくみの声には、剣一郎といっしょに紅葉狩りが出来たらどんなによいだろう。でも、それは望みませんという心情が窺えた。

すまない、と剣一郎はおくみに詫びた。おくみと会うのはこの部屋のみなのだ。外に出れば、おくみは剣一郎の正体を知ることになる。

それは避けたかった。

おくみの前では雨太郎のままでいたかった。

「じつは、さっきまで天神さまの境内にいたのです。でも、正助に似た男のひとは見つかりませんでした。この広いお江戸で正助と巡り合うことは、やはり無理なのでしょう」

　ふと、おくみが呟くように言った。

「いや、願掛けまでしたのだ。きっと会える」

　私が会わせてみせると、つい口に出かかったが、思い止まった。

　もし、さっきの男が正助なら、自分の姉を見つけながら、逃げたのだ。正助のほうが姉に会いたくないと思っているのだ。

　その理由に、剣一郎は想像がつく。あの精悍な顔つき。それに、すれ違ったときに感じた血の匂い。

　あの男はひとを殺しているのかもしれない。そんな気がする。そのことが、姉に会うことを拒絶させているのに違いない。

「音沙汰がないのは、やっぱり正助は死んでいるからかもしれません。生きていたとしても、もう以前の正助ではないのかもしれません」

　おくみは諦めたように言った。

　本能的に何かを感じ取っているのだろう。おくみの言う残された日数はあと半月もない。もう小田原に帰らねばならないのだ。

「正助を江戸に誘った時右衛門は盗賊だった可能性がある。そうだとしたら、正助は盗賊の一味になっているかもしれぬ」

「はい」

おくみは息を呑んだが、かねてからそのことも考えにあったようだ。

「盗賊の一味になっていたら、己を恥じ、姉に合わせる顔がないと思うのではないか」

さっきの男の反応を思い出して、剣一郎は言う。

悄然《しょうぜん》としたおくみに、

「すまぬ。勝手な想像をしてみただけだ。気にせずともよい」

と、剣一郎はなぐさめた。

「いえ」

おくみは寂しそうに首を横に振った。

「私が江戸に出て来たのは、弟を最後まで探す努力をしたと自分自身に納得させるためだったのです。ほんとうは、会えるとは思っていません。死んだのかもしれないし、雨太郎さまが仰るように、私の前に顔を出せない身になっているのかもしれません。お互い、会わずにこのままのほうがいいのかもしれません」

おくみは笑みを浮かべ、

「でも、弟が雨太郎さまに会わせてくれたのです。私はそれだけで満足です」

おくみ、死ぬではないぞ。剣一郎はそう声をかけたかった。だが、思い止まった。

部屋の中は外より一足早く薄暗くなっていた。

屋敷に帰って、すぐに文七を呼びにやった。

夕食のあと、濡縁で待っていると、庭の暗がりから文七が現れた。

「ご苦労」

剣一郎は庭先に立った文七に声をひそめ、

「調べて欲しい男がいる。妻恋町の常磐津の師匠の家に、精悍な顔つきの男がいる。三十前後に見えるが、実際はもう少し若いかもしれない」

「畏《かしこ》まりました」

「その男だが、すっかり面変わりしているようだが、おくみの弟の正助の可能性がある。そのことも念頭に調べてくれ。それから」

剣一郎は迷ったが、口にした。もし、小田原で正助を誘った時右衛門の正体が霞の陣五郎だったとしたら……。

「その男とすれ違ったとき、血の匂いがしたような気がした」

「血の……」

「まさかと思うが」

「ひょっとして、霞の陣五郎一味を殺していった下手人ということですね」

文七は頭の回転が速い。

「そうだ」

「わかりました。では、さっそく」

「無理するな。明日でもよい」

「はっ」

文七は暗がりに消えて行った。

部屋に戻ると、襖の向こうで、剣之助の声がした。

「父上。よろしいですか」

「うむ。入れ」

剣一郎は応じた。

剣之助は入って来てそばに正座した。

「どうした?」

「いえ、なんでもありません。ただ、最近、父上とあまり話していないような気がしましたので少しお話をと思いまして」

剣一郎は怪しむような目で剣之助を見た。剣之助はさりげなく目を逸らした。

「そうそう、きょう御番所で、長谷川さまから祝言を挙げないのかと訊ねられました」

「長谷川さまが？」

長谷川四郎兵衛は何かと剣一郎を敵視している言動を見せるが、どういうわけか剣之助のことは気に入ってくれているらしい。

父親を憎んでいれば、その感情が息子に向かってもおかしくない。だが、四郎兵衛は割り切っている。

その点では、ありがたかった。

「長谷川さまは、早くみなに披露したほうがいいと仰いました。場合によっては、脇田さまにお奉行からお願いしてもよいと仰っておられます。脇田さまに遠慮して祝言をしないほうが、かえって脇田さまにはご迷惑かもしれぬと」

「確かに、長谷川さまの仰ることに一理ある」

必要以上に、長谷川さまが脇田清十朗のことを意識しているのかもしれない。

「で、どうなのだ？」

「えっ、何がでございますか」

「剣之助と志乃の気持ちだ」

「私たちは特に……」

剣一郎はおやっと思った。

祝言の話を持ち出したことに、深い意味はないようだ。

「そういえば、真下《ました》先生はお元気なのですか」

剣之助は話題を変えた。

「しばらく、ご無沙汰をしているが、お元気のことと思う」

真下治五郎《じごろう》は江戸柳生新陰流《やぎゅうしんかげ》の達人で、剣一郎の剣の師である。いまは隠居し、向島《むこうじま》で若い妻女とふたりで暮らしている。

剣之助も連れて行ったことがある。しかし、なぜ剣之助はそんな話を持ち出したのか。

「真下先生のご妻女は若くてお美しいお方でしたね」

剣之助は剣一郎の顔色を窺うようにした。

「剣之助」

剣一郎は訝しく問いかけた。

「何か、別の話があるのか」

「いえ。なぜ、ですか」

剣之助があわてたようにきいた。

「いや。なんとなく、本題に入りづらいのかと思ったのだ」

「いえ、そういうわけではありません」

「そうか」

そう剣一郎は言ったが、まだ何か腑《ふ》に落ちない。どこがどうというわけではないが、いつもの剣之助らしくないようなのだ。

その後、とりとめのない話をいつもの剣之助らしくなく話して、ようやく引き上げた。

（まさか）

ひょっとしたら、多恵に頼まれて、探りを入れに来たのか。いや、そんなはずはない。多恵が、おくみの存在に気づくはずがない。

そうは思いながらも、剣一郎は気になった。いや、隠しごとをしているという負い目から、剣之助の何気ない態度も妙に見えてしまうのか。

誰かに、おくみの家に入って行くのを見られたのか。誰にも見られていないと思うが……。しかし、なにもやましいことはないのだと自分に言い聞かせた。

四

十月二十日。いよいよ、明日が決行の日だ。

佐吉は午後になって京橋までやって来た。そして、用心深く、周囲に目を配りながら、新両替町一丁目の『灘屋』の前を通る。

正助がどこかから見張っているはずだ。こっちの動きをつかみ、『灘屋』に押し込むことを察しているに違いない。ただ、いつ押し込むかわからないはずだから、それを探ろうとするだろう。

小間物の行商に化けて、この一帯を歩き回ったが、正助の姿は見当たらなかった。『灘屋』の勝手口のほうが朝から忙しい。今夜の酒肴の用意をし、客を招く支度をしている。

あまり何度も歩き回ると怪しまれるので、佐吉はそのまま尾張町《おわりちょう》まで行き、木挽橋《こびきばし》を渡り、西本願寺まで足を延ばした。

広大な境内に入る。参詣者が多い。宗祖親鸞上人《しんらんしょうにん》の命日は報恩講《ほうおんこう》といい、法会《ほうえ》があるので大勢の信者で賑わう。

佐吉は本堂に入り、お参りを済ませ、外に出てから本堂の裏手にまわった。ひと気のないところで、背中の荷物から弁慶縞《べんけいじま》の着物を取り出して着替えた。荷物はひと目につかないところに隠した。

しばらく時間を潰してから、ようやく門を出た。門を出たところでも警戒を怠《おこた》らなかった。

再び木挽橋を渡り、大通りに出て、新両替町に向かった。

佐吉は『灘屋』の前に差しかかった。今度は顔を晒《さら》している。正助を誘《おび》き出すためだ。

『灘屋』の前を素通りして、京橋の袂までやって来た。そこでしばらく佇む。

通行人は多い。正助が紛れ込んでいるかもしれない。しかし、何事もなく四半刻（三十分）が過ぎた。

佐吉はもう一度、『灘屋』の前を通った。さらに、『灘屋』の裏道まで調べたが、正助の姿はなく、また火盗改めらしき姿もなかった。

もう一度、西本願寺に行き、隠してあった荷物をとって、再び小間物の行商の姿になって、まだ明るいが木挽町にある『丸太屋《まるたや》久兵衛《きゅうべえ》』という小さな宿に入った。

明日の夜、佐吉はここから『灘屋』の押込みに向かうことにしている。ここ宿帳を書いたあと、女中に酒を頼んだ。それから、窓辺に立つ。三十間堀《さんじっけんぼり》に面した部屋で、船が行き交うのが真下に見えた。明日は、おかしら以下一味の者は船でやって来る。

「お待ちどおさま」

女中が酒を持って来た。

「ごくろうさん」

佐吉は商人らしく装い、ていねいに礼を言う。

最初の一杯を女中が酌をし、部屋を出て行こうとするのを呼び止めた。

「姉さん。すまないが、夜、私を訪ねて客がある。来たら、ここに通してくれないか」

「はい、畏まりました」

女中が出て行ってから、ひとりで酒を呑み、銚子《ちょうし》が空になってからごろんと横になった。すぐ寝込んで気がついたのは、女中が行灯《あんどん》に火を入れに来たときだった。

「もう、こんな時間か」

半刻（一時間）近く、眠ったようだった。

夕飯をとり終えたあと、女中がやって来た。

「お客さまです」

障子を開けて言う。

女中のうしろから仙太が現れた。

女中が障子を閉めて去ると、仙太は部屋に入って来て腰を下ろした。

「ごくろうだった」

「へい」

「どうだ？　おかしらのほうは？」

仙太の顔を見た。

「珍しく気合が入ってましたぜ」

「気合がか」

佐吉は表情を曇らせた。

「佐吉あにい。何か」

「いや、なんでもねえ」

いままでは、どんな大仕事の前でも、陣五郎は泰然と構えていた。今回、気合が入っているということは、それだけ張り切っていることを物語っていると考えるより、陣五郎も不安を抱いている証左だと思った。

出来ることなら、いまからでも中止したい。だが、いまさら陣五郎がやめるとは言い出さないだろう。

心配が杞憂《きゆう》に終わることを祈るしかない。

「仙太。今夜から頼んだぜ」

「任せてくれ。保蔵のぶんもやってみせる」

神田祭の夜、筋違橋までいっしょに歩いていた保蔵とはぐれたと思ったら、保蔵はもの言わぬ亡骸になっていた。なぜ、いっしょにいながら、保蔵がそんな目に遭《あ》うのを防げなかったのか。そのことが、仙太をずっと苦しめているのだ。

「だが、無理をするな。危ないと思ったら、なんでもいいから逃げろ」

仙太は不思議そうな顔をした。

佐吉がいつもはこんな弱気なことを言わなかったからだろう。佐吉の心の隅には、やはり不安がくすぶり続けていた。

女中を呼び、酒を頼んだ。そして、にぎり飯を頼んだ。

景気づけに酒を呑んで、五つ（午後八時）の鐘を聞いてから、佐吉たちは立ち上がった。仙太が手に持っている風呂敷包の中にはにぎり飯が入っている。

宿屋を出て、新両替町に向かう。月の出はだんだん遅くなり、この時間、まだ月は出ていないが、星空が広がっていた。

大通りの両側にある店の奥から賑やかな声が聞こえて来るのは恵比寿講の宴席が盛り上がっているのだろう。

まず、『灘屋』の前を素通りし、辺りに注意を払い、正助や火盗改め、あるいは奉行所の人間などの姿がないことを確かめ、裏道に入った。

そして、天水桶の陰で佐吉は立ち止まった。『灘屋』の塀の中から酔客の騒ぎ声が聞こえる。

「俺はここで辺りを見張っている。じゃあ、頼んだぜ」

「へい」

仙太は『灘屋』の塀際の暗がりに沿って裏口に向かった。佐吉は周囲に神経を配った。怪しい気配は感じられなかった。

仙太が裏口の戸の前に立った。しばらくして、戸が開き、仙太は中に入った。

佐吉はしばらく様子を窺い、やがて安心したようにその場を離れた。

だが、念のために、周辺を歩いた。そして、正助らしき男の姿がないことを確かめてから、宿屋に帰った。

女中に勧められて風呂に入った。小さな宿にしては、檜《ひのき》の立派な風呂で、湯船に浸かっていると、不安がいくぶん和《やわ》らいでいった。

五人もの仲間が続けざまに殺され、下手人を捕まえることが出来ない。そのことによる心労が、心を弱くさせていたのかもしれない。湯に浸かって疲れがとれるにしたがい、明日の仕事はうまくいくような気がしてきた。

ただ、正助の動きが気になる。

はじめて正助の噂を聞いたのは五年前、小田原の旅籠でだった。飾り職人の正助は指先が器用で、簪《かんざし》一本でどんな錠前をも開けてしまうというのだ。錠前屋から頼まれて、鍵をなくしたひとの錠前を開けてやるという。その旅籠も銭箱の鍵をなくしてしまい、正助に来てもらって錠前を開けたという。

陣五郎は噂を聞きつけ、正助に近づいたのである。陣五郎は江戸の小間物商の時右衛門と名乗り、佐吉を番頭にして、正助に会い、江戸に出ることを勧めた。最初は気乗りしない様子だったが、江戸で好きなものを作ってくれればいい。あとは時右衛門が売りさばくと、説き伏せた。

だんだん、正助はその気になってきた。正助には病気の母親と料理屋で働いている姉がいた。

やはり決め手は、いっしょに組めば、大金など簡単に稼げるという陣五郎の言葉だった。母親の薬代に相当掛かるということだった。正助は色白の女のような顔を輝かせて、ぜひ連れて行ってくださいと言った。

江戸に連れて来て、正助を神田岩本町の炭問屋の二階に住まわせ、そこで好きな図柄を彫り、自分のやりたい仕事をさせた。

その間、鍵がなくなったといい、錠前を持ち込んで、開けさせたりして、その腕前を確かめた。

結果は、満足できるものだった。

そして、正助が江戸に来て半年後、陣五郎は正体を明かしたのだ。正助はあまりの衝撃にのけぞって後ろ向きに倒れたほどだった。

正助にしてみれば、父のようにやさしかった男が、悪名《あくみよう》高い霞の陣五郎だったとは夢想だにしなかったことだ。

だが、そのとき、すでに正助は蜘蛛《くも》の糸が体にまとわりついたように、陣五郎の手の内から逃れられなくなっていた。

おまえが土蔵の錠前を鍵なしで開けられたら殺生せずにすむのだという陣五郎の説得を、正助はうなだれて聞いていた。

正助の最初の仕事が三年半前。下谷広小路の袋物問屋『丹後屋』に押し入った。はじめてのせいか、正助は手が震え、なかなか土蔵の錠前を開けることが出来なかった。やっと、開いたとき、たまたま起きて来た下男に見つかり、やむなく佐吉が匕首で刺し殺したのだ。

正助は腰を抜かしていた。

隠れ家に引き上げたあと、

「やむを得なかった。あの下男をやらなければ、もっと死者が出ただろう」

佐吉の話を青ざめた顔で、正助は聞いた。

それから、半年後、芝神明町の仏具問屋に押し入った。このときは、正助は簡単に錠前を開けたのだが、千両箱を運んでいる最中に、犬が吠えだし、奉公人が起きて来た。そこで、その奉公人を始末したとき、縁側の雨戸が開いたのだ。ひと影が現れ、叫ばれる前にましらの保蔵が素早く飛び掛かった。悲鳴が響きわたり、奥からひとが起きて来た。こうなればやむを得なかった。結局、主人夫婦から奉公人まで十数人を斬殺し、二千両を奪ったのである。

この殺戮《さつりく》の現場を見て、正助は様子がおかしくなった。押込みの分け前の十両を渡すと、それは受け取ったが、妙に黙りこくっていた。

江戸を離れ、藤沢を越えたところで、正助は脱走したのだ。脱走は掟破りであり、処刑しなければならなかった。

そして、馬入川の河原で殺して川に放り投げたのだ。だが、止めを差したはずの幹太が手を抜き、さらに縛り上げた縄に切れ込みを入れておいたに違いない。

流されている途中で息を吹き返したか、誰かに助けられたか。その後、正助は復讐のために武術を習得したとしか考えられない。

わずか三年ほどであれだけの技量になったのだから、血の滲むような激しい修行をしてきたのだ。

もはや、殺し屋は正助に間違いないと、佐吉は確信している。

風呂から出て、部屋に戻った。

我らの狙いが『灘屋』であることを、正助は知っている。だが、いつ実行するかまではわからないはずだ。

だが、ほんとうにそうか。きょうも、『灘屋』周辺に、正助の影はなかった。それは、たまたま見つけ出せなかっただけなのでは……。

また、悪い方へと考えが向かった。

佐吉は正助の立場になって考えてみた。どうやって、押込みの日を知ることが出来るか。まさか、権助を……。

いや、そんなはずはない。権助は骨のある男だ。仮に、正助に威《おど》されたとしても、口を割るような男ではない。

では、どこから知ることが出来るか。知る方法はないはずだ。そう思って安心したそばから、それではなぜ、正助はそのことを知ろうとして動かないのか。

いまは一味に対する尾行はすっかり止んでいる。それは、正助の余裕なのか。それにしても、どうやって陣五郎一味の動きを知ることが出来るのか。

佐吉は首をひねった。このまま、ただ手をこまねいているはずはない。自分が正助だったら、どうするか。そのことを必死に考えたが、これといった考えは見いだせぬまま、深々と夜が更けて行く。

夜陰を裂くように座頭《ざとう》の鋭い笛の音が聞こえた。ふと、佐吉は誘われたように窓辺に寄った。

障子を開けると、冷気が流れ込んだ。出の遅い月が上り、三十間堀の対岸を歩いて行く座頭の姿を浮かび上がらせた。

佐吉は去っていく座頭を凝視した。『灘屋』の主人は按摩《あんま》を頼むだろうか。座頭ならば、『灘屋』に潜り込むことが出来る。

座頭でなくともいい。正助は何らかの形で、『灘屋』に出入りする身になっていたとは考えられないか。

この発見に、佐吉は慄然《りつぜん》とした。

つまり、正助は『灘屋』の中で、我らを待ち伏せしているのかもしれない。いや、当然、権助のことに気づき、さらには仙太が潜り込んだことも、すでに察知しているかもしれない。

しかし、正助が『灘屋』に出入り出来るだろうか。わからない。ただ、不安は増していた。俺は必要以上に正助の影に怯えているのだろうか。

笛の音はだいぶ遠ざかり、犬の遠吠えが聞こえた。

五

翌二十一日の早朝、八丁堀の屋敷に、文七がやって来た。

剣一郎が濡縁に出ると、朝陽が射し込む庭先に文七は立っていた。

「朝早くに申し訳ありません」

文七は静かに詫びた。

「構わぬ」

剣一郎は報告を受ける態勢になった。

「例の男。正吉《しようきち》と名乗っています」

「正吉か……」

正助の偽名ともとれる、と剣一郎は思った。

「三月《みつき》ほど前から、常磐津の師匠の家に居候をしているってことです。二階の部屋を貸しているだけだと、師匠は話していたようですが、弟子たちはそう思っていないようです。そのため、何人かの弟子はやめていったと、職人の親方が言ってました」

文七はさらに続けた。

「親方の話だと、ときたま、夜はどこかへ出かけていたようだと言ってました。何度か、夜の遅い時間に明神下で姿を見かけたことがあったそうです」

それだけでは、怪しいかどうか、わからない。

「じつは、昨夜、正吉は師匠の家から出かけました。あとをつけたのですが、腰の据わった、軽い足の運びといい、ただ者ではありません。向かったのは京橋です」

「京橋とな」

「はい。新両替町一丁目にある酒問屋『灘屋』の前に、絵草子《えぞうし》屋があるのですが、そこに入って行きました。それきり、出て来ないのです」

「出て来ない？」

「はい。出て来るのをずっと待っていると、やっと五つ半（午後九時）ごろになって出て来ました。そのまま、常磐津の師匠の家に帰りました」

「絵草子屋で何をしていたのか」

「よく見ていると、絵草子屋の二階の窓の雨戸が少し開いているようでした。たぶん、そこから『灘屋』を見ていたのだろうと思います。絵草子屋の主人に確かめようかと思いましたが、相手に察せられると困るので、確かめていません」

「うむ」

剣一郎は唸った。

「どうやら、霞の陣五郎一味が現れるのを見張っているのかもしれぬな」

「私もそう思いました。ただ、それにしては早く引き上げたような気がするのです。五つ半ですから、引き上げたのは」

「確かに、押し込むとしたらもっと遅い時間だろう。それとも、きのうは押し込まないということがわかったのか」

「気になることがあります」

文七は何かを思い出したように言う。

「あっしは絵草子屋の路地のくらがりから『灘屋』を見ていたのですが、ふたり連れの男が『灘屋』の脇の路地に入り、しばらくしてから、ひとりだけ戻って来ました」

「ひとりだけ?」

「はい。ひょっとしたら、『灘屋』に裏口から入ったのかもしれません」

「怪しいな」

「はい。ひょっとしたら、中から手引きする者がいたとも考えられます」

「もし、霞の陣五郎一味だとしたら……」

何のために忍び込んだか、と剣一郎は考えた。

「土蔵の鍵か」

剣一郎ははたと思いついた。きょうの昼間のうちに、土蔵の鍵のありかを探すつもりなのではないか。

「では、今夜にでも」

文七が緊張した声を出した。

「その可能性はある。間違っているかもしれないが、そのつもりで対応しよう」

「しかし、正吉は何をするつもりなのでしょうか」

「わからぬ。押込みのどさくさに紛れて、また誰かを殺そうとするのか。すまぬが、正吉と名乗る男を見張っていて欲しい。私もあとから行く」

「畏まりました」

文七が引き上げてから、剣一郎はすぐに京之進と平四郎の屋敷に使いを出した。

四半刻（三十分）後に、ふたりがやって来た。

「すまなかった」

剣一郎は急の呼出しを謝した。

「いえ。何か進展が？」

京之進が弱々しい顔で応じた。一連の殺しに関わる探索が進展せず、ふたりともさすがに疲れたような顔をしていた。

「じつは、偶然、湯島天満宮で気になる男を見かけた。文七に調べさせたところ、この男は新両替町一丁目にある酒問屋……」

『灘屋』の一件を話してから、

「この男が霞の陣五郎一味を殺していった下手人ではないかと思われる。今宵、一味が『灘屋』に押し込むのを利用して、さらに誰かを殺そうとしているのではないか」

と、自分の考えを述べた。

「いかにも怪しゅうございます」

平四郎が昂奮した声を挙げた。

「どうしたら、よいでしょうか」

京之進は意気込んだ。平四郎も身を乗り出している。

「今宵、『灘屋』を数名で見張り、捕り方を少し離れた場所に待機させよう。その手配を頼む」

「わかりました。では」

京之進と平四郎は立ち上がった。

ひとりになり、濡縁に出た。

剣一郎は淡い陽射しを受けた。庭にも落ち葉がつもり、すっかり冬めいてきた。

覚えず、剣一郎は吐息を漏らした。

常磐津の師匠の家にいる男は正助に違いない。正助の転落の人生をおくみの悲しみと合わせて考えざるを得なかった。

正助は飾り職人としていい腕を持っていた。が、それ以上に、錠前を開ける器用さが災《わざわ》いをしたのだ。

霞の陣五郎に目をつけられ、あとは坂道を転がるように自分の望みとは真逆の生き方をせざるを得なくなったのであろう。

すでに五人もの命を奪い、さらに、霞の陣五郎一味と対決しようとしている。

そんな正助を、おくみに会わせるべきか。正助のほうは、姉に会いたいと思っていないようだ。汚れた身を、姉の目に晒したくないのであろうことは、湯島天満宮境内での正助の態度を見れば、一目瞭然だ。

だが、おくみは正助に会いたがっている。そのために、小田原から江戸に出て来たのだ。おくみの心情を思えば、ぜひ会わせてやりたい。

だが、その弟がひと殺しだと……。そこまで考えて、剣一郎は息を呑んだ。

鳥のさえずりが聞こえ、剣一郎は青空に目をやった。だが、鳴き声だけで、鳥の影はわからなかった。

正助とおくみのことをどうするか、すべて今夜が終わってからだ。『灘屋』で何が起きるか、剣一郎は逸《はや》る気持ちを抑えるように大きく深呼吸をした。


昼過ぎ、剣一郎は妻恋町にやって来た。

常磐津の師匠の家を素通りし、武家屋敷の前の通りに出た。しばらくして、足音が近づいて来た。

文七だった。常磐津の師匠の家を見張っている目に剣一郎の姿をとらえ、すぐにあとを追って来たのだ。

「まだ、家の中にいます」

文七が報告する。

「どうせ、出かけるとすれば夜になってからだろう。それまで休んでいろ。ゆうべは、あまり寝ていないのではないか」

「いえ。だいじょうぶです。何があるかわかりませんから」

ずっと見張っていると、文七は言った。

「無理はするな」

「はい、では」

間が悪いと、ちょっと目を離した隙に、相手に逃げられることもあるので、文七は元の場所に戻った。

剣一郎は再び、妻恋坂を下り、そば屋の『立科』の暖簾《のれん》を潜った。

京之進、平四郎の他に隠密廻りの作田新兵衛と臨時廻りの吉野河太郎の顔もあった。

「ごくろう」

一同に目をはしらせ、

「京之進から聞いたと思うが、今宵、『灘屋』が霞の陣五郎一味に襲われる可能性がある。証拠があるわけではないので、推測の域を出ないが、念のために備えておきたい」

「その正吉と申す男の目的はなんでしょうか。押込みを成功させ、盗んだ金を横取りしようとするわけではありますまい」

新兵衛が疑問を口にした。

「そこだ」

剣一郎はすかさず応じた。

「正吉の狙いはかしらの陣五郎ではないかと思う。押込みの現場なら、必ず陣五郎が現れる。そう睨《にら》んでいるのではないか」

「しかし、手下も大勢いて、手が出せるでしょうか」

「狙いはもうひとつある。一味の全滅だ。そのために、火盗改めに密告するつもりかもしれない」

「奉行所ではなく、火盗改めにですか」

「そうだ。火盗改めは抵抗する者は容赦なく斬り捨てる。正吉の狙いはこれだ。かしらの陣五郎は自分で討ち、他の手下は火盗改めに斬らせる。霞の陣五郎一味の全滅を狙っているのだ」

「なんと」

驚いたように、新兵衛も河太郎も腰を浮かせた。

「そこでだ、新兵衛。霞の陣五郎一味が動くとわかったら、正吉は火盗改めに何らかの手段で密告するはずだ。火盗改めの動きを見張ってくれ」

「かしこまりました」

「河太郎」

「はっ」

「そなたは、京橋川を見張ってもらいたい。一味は船を使うかもしれない。荷足船《にたりぶね》に隠れて移動する可能性が大だ」

「わかりました」

「京之進と平四郎は『灘屋』から少し離れた場所に捕り方を待機させ、『灘屋』を見張る。決して、霞の陣五郎一味に感づかれてはならぬ」

全員に指示を与え、

「正吉は文七に尾行させる。文七のあとを私がつける」

と、剣一郎は言った。

「もし、火盗改めが現れたらどういたしましょうか」

京之進が厳しい顔できいた。

「任せていい」

「えっ、火盗改めに手柄を与えてしまうのですか」

京之進がきき返した。

「そうだ。我らの狙いは正吉だ。そして、正吉の先には陣五郎、後継者の弥九郎、そして右腕といわれる佐吉がいるはずだ」

「わかりました」

一同は納得した。

「それでは、今宵《こよい》」

そう言い、剣一郎は立ち上がった。


そば屋を出てから、剣一郎はもう一度、妻恋町に向かった。

先ほどと同じ場所に文七はいた。まだ、正吉こと正助は動き出さないようだ。剣一郎はそのまま素通りした。

それから、剣一郎は湯島天満宮の参道に入った。鳥居に近づいて用心して見ると、おくみの姿はなかった。

剣一郎は鳥居をくぐった。やはり、もう、諦めたのかもしれない。そう思いつつ、境内に入って行くと、拝殿に向かっている女の後ろ姿を見て立ち止まった。

おくみだった。剣一郎はすぐ社務所のほうに身を隠した。おくみはお参りがすむと、女坂に向かった。

さっきまで、鳥居の横に立っていたのかもしれない。諦めたものと思っていたが、まだ諦めきれなかったようだ。

おくみの気持ちが哀れだった。ほんとうのことを言うべきか。正助に会わせるべきか。剣一郎はまたも悩んだ。

おくみは女坂を下って行く。追いかけて声をかけてやりたかった。だが、おくみとは、外で会うことは避けたかった。おくみの家で会うぶんには雨太郎として振る舞えるが、外ではやはり青痣与力なのである。

おくみは女坂を下り終えた。剣一郎は坂の途中で立ち止まり、おくみが去って行く後ろ姿を見送った。

おくみの家まで行くことも控えた。

すべての答えは、今宵の結果次第だ。おくみ、辛かろうが、もう少し待ってくれ。そう心の内で呼びかけた。

だが、今宵の結果がどう出るか、まったくわからなかった。

おくみの姿が視界から消えたあと、剣一郎は妻恋町に戻った。文七の隠れている場所の前を素通りした。が、文七がいなかった。

厠《かわや》を借りにでも行ったのか。だが、気になり、剣一郎は妻恋坂を足早に下りた。

明神下から神田川に出ると、筋違橋に向かう文七の姿が見えた。正助が動いたのだ。剣一郎は文七を追った。

夕暮れが迫り、先を行く文七の姿を徐々に闇が消して行った。

六

女中が行灯に火をいれに来た。部屋の中は薄暗くなっていた。

「すまない。夕餉のあと、発《た》つことにしました。そのつもりで、お願いします」

佐吉は小肥りの女中に伝えた。

「まあ、急なことで」

「ええ、商売相手がまだ当分帰って来ないというので、出直すことにしたのです」

佐吉は曖昧《あいまい》ながらもっともらしい言い訳を言う。

「そうでございますか。主人にそのように申しておきます」

女中が去ってから、窓辺に寄った。

まだ、明るさが残っているが、三十間堀沿いに並ぶ料理屋の提燈にも明かりが灯った。

いよいよ、決行の時刻が迫って来た。

今宵四つ半（午後十一時）頃、一味は荷足船に隠れて大川を横断し、京橋川に入り、京橋から一本大川寄りにかかっている中ノ橋の近くで陸に上がる予定になっている。

ふと、胸の鼓動が激しくなった。またも不吉な予感に襲われた。かつて、このようなことはなかった。

心の声が、今夜は仕事をやめろと訴え、もうひとつの声が気のせいだ。きっとうまくいくと語りかけてくる。

夕飯が運ばれて来た。

ゆっくり、飯を食べた。頭の中は、強気と弱気のせめぎ合いがいまも続いている。

この期に及んで、と佐吉は自嘲した。

飯をとり終えてから、佐吉は匕首を確かめた。これを使うようになるかもしれない。正助にやられた腕はもう痛みもない。

五つ（午後八時）になり、佐吉は旅籠《はたご》を出た。

小間物の荷を背負い、新両替町一丁目の周辺を歩き回った。この時間になると、商家の大戸も閉まり、人通りも少ない。

『灘屋』の前を通る。閉まった大戸の脇の潜り戸の隙間からわずかな明かりが見える。帳場では、丁稚たちが番頭の指導で算盤《そろばん》でも学んでいるのかもしれない。

ふと、あるかなしやの気配を感じ、覚えず佐吉は辺りを見回した。しかし、どこにもひとが隠れている様子はない。

気のせいか。もう一度辺りを見回して、おやっと思った。『灘屋』の向かいにある絵草子屋の二階の窓を見た。障子が微《かす》かに開いているように見える。きちんと閉めていなかっただけなのか。しばらく、その窓を見つめていたが、何の気配も感じられなかった。

佐吉はほっと吐息をもらし、改めて歩きだし、町木戸を抜けて京橋までやって来た。周囲を見回し、ひとのいないのを確かめて、川沿いを大川のほうに向かう。

ほどなく、中ノ橋が見えて来た。佐吉は辺りに注意を向け、ひとの気配のないのを確かめて、橋の下に向かった。

そこで荷物を置き、着ていた着物をいったん脱いで裏返しにして着直す。そして、尻端折《しりっぱしょ》りをした。

たちまち黒装束になった。そして、やにわに、橋の下から出て、闇に身を隠しながら、路地に入った。

町木戸を回避し、裏通りを注意しながら大回りして『灘屋』の裏手にやって来た。

どこにもひとが隠れている気配はなかった。

裏口の近くの塀越しに見える松の枝に、目印の白い布が結わえてあるのがわかった。すべて順調に行っているという仙太の合図だった。

よしと自分自身に気合を入れ、佐吉は路地を出て、表通りに出ようとした。そのとき、真向かいにある絵草子屋の二階に目が行った。

あっと声を上げそうになった。さっき微かに開いていたはずの障子が閉まっているのだ。誰かが覗いていたのか。

まさか、正助が……。佐吉は絵草子屋の亭主を起こして問いつめてみたかったが、この期に及んで騒ぎを起こせない。

それに、家の者が気がついて障子を閉めたのかもしれない。そう思おうとした。どうも、自分は臆病になっているようだ。

自分を叱咤《しった》するように下腹に力を込め、佐吉は通りの暗がりに身を隠しながら、京橋川に向かった。

そして、京橋の袂に来て、背後を窺い、何事もないことを確認してから中ノ橋に向かった。

夜が更けて行くにつれ、寒さも増して行く。川風は冷気を含んで、佐吉の全身を包む。

中ノ橋にやって来た。すると、大川のほうから進んで来る船影が目に入った。提燈の明かりを消している。佐吉は注視する。

船は岸に近づいた。一味の荷足船だ。

岸に着くと、かけてあった莚の下から、黒装束の一味が現れ、陸に上がった。最初に下り立ったのは弥九郎だった。続いて、石造、鎌太郎、亀蔵ら……。最後に、かしらの陣五郎が上がって来た。

尻端折りした黒い着物の上に、これも黒い羽織を肩にかけていた。

「おかしら」

佐吉は近寄った。

「どうだ？　様子は？」

「いまのところ、問題はありません」

佐吉はつい不安そうな顔になって言った。

「ただ、用心に越したことはありません。この前、お話ししたように、おかしらは船に残ってください。何かあったら、すぐに逃げるように」

陣五郎が何か言いかけたのを覆い被せるように、

「いえ、おかしら。こいつだけは承知していただきます。仕事は弥九郎のおじきがいますから心配いりません」

「よし」

陣五郎は厳しい顔で頷いた。

「いいか、何か異変があったら、俺たちに構わず、船を出せ。いいな」

佐吉は陣五郎といっしょに残る船頭の六助《ろくすけ》に言った。

「へい」

「よし。じゃあ、おかしらを頼んだぜ」

月が上って来るまで、あと四半刻（三十分）ぐらい間がある。

「佐吉。そろそろ、行くか」

弥九郎が低い声で言った。

「へい」

「おかしら。じゃあ、行ってきやす」

弥九郎は陣五郎に声をかけてから、

「よし。みな行くぜ」

と、号令をかけた。

陣五郎の跡目を継ぐ弥九郎ははじめて陣頭指揮をとることで張り切っていた。

「佐吉。先にたて」

「へい」

佐吉が先頭に立ち、暗がりを縫い、黒装束の一団は『灘屋』を目指した。

すでに、町木戸は閉まっている。裏道を抜け、『灘屋』の前にやって来た。

「おじき。あれが、仙太の合図です」

佐吉は松の枝にかかった白い布を指さした。

そろそろ、月が上る頃だ。みな、黒い布で頰被りをし面体を隠した。

佐吉は裏口の戸に近づき、軽く叩いた。すぐ、内側で物音がした。

戸が開き、仙太が顔を出した。仙太も黒装束に身を変えていた。

まず、弥九郎から屋敷に入り、一味が続く。最後に、佐吉が入った。

「土蔵の鍵のありかは?」

弥九郎がきいた。

「主人の部屋です」

仙太が自信を持って答えた。

「よし」

弥九郎が応じると、仙太は縁側に向かった。

そのとき、佐吉は微かに地をする音を聞いたような気がした。

「どうした、佐吉?」

弥九郎が険しい顔できいた。

「ちょっと気になります。見て来ます」

そう言い、佐吉は裏口から外に出た。すると、通りのほうから提燈の灯とともに侍が駆けつけて来た。

あっと叫び、すぐに戸を開け、

「手がまわっている。逃げろ」

と、佐吉は叫んだ。

庭から、手下が飛び出して来た。そのときには、何人もの武士が左右から挟み撃ちしていた。

「火盗改めである。霞の陣五郎一味の者。神妙にせよ」

突然のことに、手下たちは恐慌を来《きた》した。だが、神妙になる連中ではなく、匕首を取り出し、火盗改めに向かって行った。

凄まじい悲鳴とともに手下のひとりが斬られた。続けて、悲鳴が聞こえた。仙太の声だ。仙太が斬られたのだ。

佐吉は匕首を握り、火盗改めの中に突進していった。火盗改めの与力が斬り込んで来たのを匕首で受け、すぐに払い、相手の脇をすり抜けた。

だが、別の与力が剣を構えて待っていた。背後から、さっきの与力が迫った。

この間にも、仲間の絶叫がいくつも聞こえた。

「佐吉」

その声のほうを向くと、血まみれになった弥九郎がよろけながら裏口から出て来た。

(おじき)

佐吉が弥九郎に駆け寄ろうとすると、激しい一撃が佐吉の左腕を襲った。激痛が走って、塀に倒れ込んだ。

起き上がったとき、ぐえっという悲鳴が聞こえた。刀の切っ先が腹に突き刺さった弥九郎の姿が目に飛び込んだ。

大きな物音をさせて、弥九郎が倒れた。佐吉には想像もつかない光景が、いま現実に起きている。

（おかしら）

佐吉は陣五郎が心配になった。痛みを堪え、佐吉は与力の繰り出す一撃を横っ飛びに避け、そこに待ち構えていた与力の懐に素早く飛び込み、脾腹《ひばら》を匕首で突き刺した。

火盗改めの連中が動揺している隙に、佐吉は走った。

路地から路地へ、通りを横断し、また路地に入り、裏長屋を駆け抜け、やっと中ノ橋までやって来た。

まだ、船が待っていた。佐吉は船に飛び乗り、

「早く、やれ」

と、息せき切って船頭の六助を急がせた。

「おかしら、すまねえ」

大きく肩で息をしながら、佐吉は荷物に寄り掛かっている陣五郎に詫びた。

船は静かに大川に向かった。

「みな、やられた。仙太も弥九郎のおじきも……」

佐吉はさっきから黙りこくっている陣五郎に、はじめて不審を抱いた。そういえば、さっきから目を剝《む》いたままだ。

「おかしら」

佐吉はあわてて陣五郎の体に触れた。

ゆっくり、静かに陣五郎の体が横に倒れた。

「おかしら」

佐吉は陣五郎の体を揺すぶった。

死んでいた。佐吉は船を漕いでいる男に目をやった。黒装束に頰被りをしている。

迂闊《うかつ》だった。体つきからして六助ではなかった。

「きさま、誰だ？」

佐吉は身構えた。瞬間、左腕に激痛が走った。

「佐吉あにい。久しぶりだな」

櫓を漕いでいた男が言った。

「てめえ、やはり、正助か」

立ち上がると、船が大きく揺れて、佐吉は体の安定を失った。

「じたばたするなんて、佐吉あにいらしくねえぜ。いま、船を岸につける」

稲荷橋が迫っていた。正助は船を岸に寄せた。鉄砲洲稲荷《てっぽうずいなり》の常夜灯がほんのり灯っている。

船が栈橋につくと、杭に船をもやい、正助は船を下りた。佐吉も陸に上がった。

鉄砲洲稲荷の土塀の近くで、佐吉は正助と向かい合った。

「おまえが、火盗改めに密告したのだな」

佐吉は正助を睨み付けた。

「俺の想像したとおり、佐吉あにいは火盗改めから逃れて来た。船におかしらが残っていたのも運がよかったぜ」

「やっぱし、絵草子屋の二階から様子を窺っていたのか」

「そうさ。仙太や保蔵たちのあとをつけたら、みな『灘屋』まで行き、周辺を歩き回っていた。これじゃ、狙いは『灘屋』だとすぐわかったぜ」

「馬入川で、どうやって助かったのだ?」

「幹太が止めを刺さず、結わえてある縄にも切れ目を入れておいてくれたおかげだ。

気がついて、痛みをこらえながら必死に泳いで岸に辿り着いた。が、そこで俺は気を失った。気がついたとき、俺はふとんに寝かされていた。河原の掘っ建て小屋で暮らしていた乞食《こじき》だ。その男は奇妙な技を使った。その男から、殺しの術を習ったのだ。助けられたときから、俺は復讐の鬼となっていたから、どんな厳しい稽古にも耐えた。霞の陣五郎一味に復讐しなきゃ、死んでも死に切れねえからな。おかげで、師匠も驚くくらい上達したぜ」

僅か三年足らずで、ひと殺しの技を身につけた執念に、佐吉は驚きを禁じ得なかった。

「俺はあんたたちのおかげで人生を棒に振ったんだ。こうして生き延びたって、おふくろにも姉貴にも合わせる顔なんてない。そのあげく、殺されそうになった。この恨みは死んでも忘れねえ。復讐だけを生きがいに、きょうまで生きて来た。仙太だけは俺の手でやれなかったが、おかしらを始末出来た。残るは佐吉あにいだけだ」

正助は含み笑いをした。

出の遅い月は高く上り、月影が正助の顔を不気味に照らした。

左腕は動かない。痛みはもう麻痺《まひ》していた。右手一本で正助の相手になるのは無理だ。陣五郎も死に、仲間も全滅したいま、もはや生きている望みはない。

それに、正助の気持ちも理解出来る。早くに父親を亡くした正助は、母と姉の手で育てられた。ことに、体の弱い母親に代わり、姉が早くから料理屋奉公をして一家の生計をたてていたという。正助の姉と母親は、正助が一人前の職人になることを望んでいたらしい。陣五郎の誘いに乗ったのも、病気の母親の薬代のことだけでなく、姉にも楽をさせてやりたいと思ったからだと、正助から聞いたことがある。陣五郎は、正助の人生を誤らせただけでなく、姉と母親の夢も無残に奪ったのだ。俺だって、同じ立場なら復讐に走るだろう。それ以上に、たったひとりで霞の陣五郎一味を壊滅させた手腕に敬意を払いたいほどだった。

佐吉は匕首を放った。正助が怪訝そうな顔をした。

「俺はもう疲れた」

そう言い、佐吉はあぐらをかいて座った。左腕の出血がひどく、だんだん気だるく、目が霞んできていた。

「正助。おまえの勝ちだ。さあ、殺れ」

「佐吉あにい。俺はおめえが一番手こずると思った。一度、襲ったときも、手強かった。それが、こうあっさり降参するとは拍子抜けするぜ」

「おめえの人生を台無しにしてしまった。取り返しがつかないことをしたと思っている」

「ちっ。なにをいまさら……」

「最後に、頼みがある」

佐吉は正助に哀願するように頭を下げた。

「なんでえ」

「三島に、おかしらの妾がいる。おかしらは今度の仕事を最後に盗人稼業を引退し、その妾と余生を過ごすことになっていた。妾に、おかしらが亡くなったことを伝えてくれ」

「約束するぜ。ただし、俺が無事に江戸を離れられたらだ」

正助は真顔で応じてから、

「それより、佐吉あにいはどうしておかしらの言いなりになっていたんだ？　おかしらの言うとおり、ためらわずひとを殺して来た」

と、不思議そうにきいた。

「おかしらは俺の命の恩人だ。きょうまで面白おかしく生きてこられたのもおかしらと出会ったおかげだ。おかしらの命令にはどんな理不尽《りふじん》なことでも逆らわない。そう決めたのだ。さあ、火盗改めがこっちまでやって来ないうちに早く片をつけ、江戸を離れろ。それから、妾が霞の陣五郎一味の隠し金のありかを知っている。どう使おうと、おめえの勝手だ」

佐吉はなんとか体を支えて、

「さあ、早く殺れ」

と、苦しい息の下で言った。

「よし。これが、俺の復讐劇の最後だ」

正助が武器を振りかざした。

そのとき、鋭い声が飛んだ。

「やめろ、正助」

佐吉もはっとして声の主に目をやった。

編笠に着流しの侍が近寄って来た。

「そう、そこまでだ。あとは、奉行所に任せろ」

侍は編笠をとった。

あっと、佐吉は叫んだ。青痣与力……。そして、周囲からいくつもの御用提燈が迫って来るのを夢のように見ていた。

七

剣一郎はふたりに近づいた。

「もう、逃れられぬ。観念せよ」

正助は振り上げた手を下ろした。その手には畳針のようなものが握られていた。

剣一郎は正助に顔を向けた。

「そなたが一連の殺しの下手人だな」

「どうして、俺の名を？」

正助は怯《おび》えたようにきいた。

「正助。姉がそなたを探して江戸に来ていることを知っておろう」

剣一郎の言葉に、正助は激しく動揺した。

「どうして、姉さんのことまで？」

「姉のおくみは不忍池のそばの仁王門前町に住んでいる。そなたに会いたい一心で小田原から出て来たのだ。そなたも、湯島天満宮境内で、おくみを見かけたはずだ」

「こんなになった俺の姿を晒すわけにはいかなかったんだ」

正助は苦しそうに吐き捨てた。

「どんなに変わろうと姉弟であることに変わりはない」

「獄門台に上がるような弟がいたんじゃ姉さんに迷惑だ。俺はとうに死んでいると伝えてくださいな。お願いします」

「正助。おくみが小田原の『伊豆屋』の主人の妾になっていたのを知っていたか」

「なんだと、姉さんがあの因業《いんごう》な男の……」

「三ヵ月前、その『伊豆屋』の主人が簪で喉を突かれて殺されたそうだ」

「えっ、まさか」

「おくみは、江戸に弟を探しに行かせてくれと頼むと、他の男と逃げるつもりだろうと怒り狂って乱暴を働いたらしい。それで、身をまもるために刺してしまったのだ。匿《かくま》ってくれた料理屋の女将さんの計らいで三ヵ月の猶予をもらい、江戸にそなたを探しにやって来たのだ。『伊豆屋』の主人は嫉妬《しっと》深く、おくみはいつもひどい目に遭っていたらしい。周囲はみな、おくみに同情的だったという。だが、ひとを殺《あや》めた事実には変わりない。今月末までには小田原に帰り、裁きをうけなければならぬのだ」

「姉さんが……」

「それほどまでして、おくみはそなたに会いたがっているのだ。そなたに一日の猶予をやる。おくみに会ってやれ。そして、今までのことをすべて話し、それからお縄につくのだ。おくみの罪もそうだが、そなたにもお上のお慈悲がある。それを信じて、ふたりで語り合うのだ。決して、死のうとするな」

剣一郎は強い口調で言った。

「青柳さま」

正助は膝をついた。

「よし。行け。文七、頼む」

「へい」

と、文七が正助のそばに行った。

「さあ、急ぎやしょう」

文七はさっき剣一郎たちが乗って来た猪牙舟《ちよきぶね》に正助とともに乗り込んだ。

「さて、佐吉とやら。傷は痛むか」

「もう、だいぶ感覚をなくしています」

「すぐ、医者に見せよう。そなたは、霞の陣五郎一味がほぼ全滅したことを目の当《まあ》たりにしたはずだ」

「へい」

「その中で、そなただけが生き残った。霞の陣五郎一味の所業を洗いざらい白状するのだ。よいな」

「はい」

「正助のこともだ」

「そのつもりです」

佐吉が答えたとき、京之進が駆け寄った。

「この者を、医者に」

京之進に指図をし、剣一郎は川っぷちに向かった。文七と正助を乗せた船が大川に向かって行くのを見送った。

そこに、京橋方面から馬蹄の音が聞こえて来た。船を追って、火盗改めがやって来たのだ。

馬から下りたのは与力の山脇竜太郎で、まっしぐらに川っぷちに歩み寄り、荷足船で死んでいる男を見つけた。

「霞の陣五郎か」

山脇竜太郎が悔しそうに言った。

「出雲の佐吉を捕らえました。これからの吟味で、何があったか明らかになるでしょう。誰が火盗改めに密告したかも」

かねてより、火盗改めの乱暴な探索には批判的だったので、剣一郎はあえて続けた。

「どんな悪党であっても、捕らえて吟味をすることが肝要かと存じます。相手が抵抗したからといって殺してしまっては事件の真相を明らかにすることは出来ませぬ」

「うむ」

山脇竜太郎は唸っただけで、何も言い返せなかった。


数日後、朝から冷たい雨が降っていた。

剣一郎は唐傘を差し、谷中の善正寺を訪れた。最近、たびたび、それも雨の中に墓参りに来る剣一郎を見て、住職が驚いていた。

雨が肌にかかるに任せたまま、剣一郎は兄の墓の前に佇んだ。

「兄上。これでよろしかったのですね」

剣一郎は兄に呼びかけた。

あの翌日、正助は文七に連れられ、奉行所に出頭した。おくみとの再会を果たしたものの、すぐにふたりは引き離される運命にあった。

正助に弁護の余地があるとすれば、殺した相手が、残虐非道な霞の陣五郎一味だったことだ。それに、正助の密告のおかげで、『灘屋』は無事に済み、おまけに霞の陣五郎一味を壊滅することが出来た。

また、正助が復讐に走るようになったきっかけも同情出来るものだ。そのことは、佐吉が正直に話してくれた。正助に酌量《しやくりよう》の余地があるかもしれない。

なんとか死罪を免《まぬか》れ、遠島《えんとう》で済んで欲しいと剣一郎は願った。また、おくみの件も、周囲はおくみに同情的というから、お慈悲が期待出来よう。

佐吉の自白によって、諸国の隠れ家もわかり、盗んだ金の隠し場所もわかった。死罪は免れないが、佐吉はかえってほっとしているようだった。

すべてが終わった。

「兄上」

剣一郎は呼びかけたが、自分でもなんと続けたかったのかわからない。おくみのことを問いたかったのか……。

剣一郎は墓前を離れた。

そのまま、山門を出た。石段を下り、そして坂道を下り、不忍池の辺に出た。

冷たい雨に不忍池が煙っていた。弁財天の前に差しかかった。おくみと出会ったときのことが蘇り、しばし立ち止まった。

そして、懐から手拭いにはさんだ簪を取り出した。

正助が出頭した二日後、剣一郎はおくみの家を訪れた。だが、そこには、住み込みの娘が待っていた。

おくみは小田原から迎えが来て、あわただしく出て行ったということだった。娘が簪を寄越した。おくみが渡すように言い残したのだという。

おくみが剣一郎の胸で泣いたとき、すぐ目の前におくみの髪があり、この簪が挿してあった。

「雨太郎さまがいらっしゃったら、おくみは仕合わせでした、とお伝えしてくださいとのことでございました」

住み込みの娘はおくみの言づけを口にした。

(雨太郎さま)

おくみの声が聞こえたような気がした。

せめて、もう一度、会いたかった。剣一郎は無性に寂しかった。

雨が傘を打ちつけている。弁財天の参道に女の影が見えた。

「おくみ」

剣一郎は覚えず声を出した。だが、雨の中に女の姿はなかった。幻だったのか。胸をかきむしりたいほどの切なさに襲われ、剣一郎はその場から足早に離れた。すると、前方に唐傘を差した若者が立っていた。

しばし立ち止まり、剣一郎は茫然とその若者を見ていた。

「剣之助……」

やがてつぶやき、剣一郎は夢から覚めたように近づいた。剣之助も歩み寄った。

「剣之助、どうしてここに？」

剣之助は困ったような顔をして、

「じつは母上が……」

「母上が？」

「はい。最近の父上の様子がおかしい。きょうも雨の中をお墓参りなんてと気にされておりました。ちょうど、非番だったゆえ、父上のあとを……。申し訳ございません」

「いや」

剣一郎は曖昧に答え、

「どうだ、せっかくだから、どこかで一杯やって行くか」

と、明るい声を出した。

「はい。お供いたします」

まるで、おくみとのことを知っているかのような剣之助の態度にあわてたが、おくみはどうだったのか。

ほんとうは青痣与力だと気づいていたのか、最後まで雨太郎だと信じていたのか。

親子の傘を激しい雨粒が音を立てて打ち続けていた。

秋 雷

一〇〇字書評

切・り・取・り・線

購買動機（新聞、雑誌名を記入するか、あるいは○をつけてください）	
□（　　　　　　　　　　　　　）の広告を見て	
□（　　　　　　　　　　　　　）の書評を見て	
□ 知人のすすめで	□ タイトルに惹かれて
□ カバーが良かったから	□ 内容が面白そうだから
□ 好きな作家だから	□ 好きな分野の本だから

・最近、最も感銘を受けた作品名をお書き下さい

・あなたのお好きな作家名をお書き下さい

・その他、ご要望がありましたらお書き下さい

住所	〒				
氏名		職業		年齢	
Eメール	※携帯には配信できません	新刊情報等のメール配信を 希望する・しない			

この本の感想を、編集部までお寄せいただけたらありがたく存じます。今後の企画の参考にさせていただきます。Eメールでも結構です。

いただいた「一〇〇字書評」は、新聞・雑誌等に紹介させていただくことがあります。その場合はお礼として特製図書カードを差し上げます。

前ページの原稿用紙に書評をお書きの上、切り取り、左記までお送り下さい。宛先の住所は不要です。

なお、ご記入いただいたお名前、ご住所等は、書評紹介の事前了解、謝礼のお届けのためだけに利用し、そのほかの目的のために利用することはありません。

〒一〇一－八七〇一
祥伝社文庫編集長　坂口芳和
電話　〇三（三二六五）二〇八〇

祥伝社ホームページの「ブックレビュー」からも、書き込めます。

http://www.shodensha.co.jp/bookreview/

祥伝社文庫

秋雷《しゆうらい》　風烈廻《ふうれつまわ》り与力《よりき》・青柳剣一郎《あおやぎけんいちろう》

平成24年2月20日　初版第1刷発行
平成24年2月28日　　　第2刷発行

著　者　小杉健治《こすぎけんじ》
発行者　竹内和芳
発行所　祥伝社《しようでんしや》
東京都千代田区神田神保町3-3
〒101-8701
電話　03（3265）2081（販売部）
電話　03（3265）2080（編集部）
電話　03（3265）3622（業務部）
http://www.shodensha.co.jp/

印刷所　堀内印刷
製本所　ナショナル製本
カバーフォーマットデザイン　中原達治

 ISBN978-4-396-33738-4 C0193

祥伝社文庫の好評既刊

小杉健治
待伏せ
風烈廻り与力・青柳剣一郎⑩

絶体絶命、江戸中を恐怖に陥れた殺し屋で、かつて風烈廻り与力青柳剣一郎が取り逃がした男との因縁の対決を描く！

小杉健治
まやかし
風烈廻り与力・青柳剣一郎⑪

市中に跋扈《ばっこ》する非道な押込み。探索命令を受けた青柳剣一郎が、盗賊団に利用された侍と結んだ約束とは？

小杉健治
子隠し舟
風烈廻り与力・青柳剣一郎⑫

江戸で頻発する子どもの拐かし。犯人捕縛へ〝三河万歳〟の太夫に目をつけた青柳剣一郎にも魔手が……。

小杉健治
追われ者
風烈廻り与力・青柳剣一郎⑬

ただ〝生き延びる〟ため、非道な所業を繰り返す男とは？ 追いつめる剣一郎の執念と執念がぶつかり合う。

小杉健治
詫び状
風烈廻り与力・青柳剣一郎⑭

押し込みに御家人飯尾吉太郎の関与を疑う剣一郎。そんな中、倅の剣之助から文が届いて…。

小杉健治
向島心中
風烈廻り与力・青柳剣一郎⑮

剣一郎の命を受け、倅・剣之助は鶴岡へ。哀しい男女の末路に秘められた、驚くべき陰謀とは？

祥伝社文庫の好評既刊

小杉健治
袈裟斬《けさ》り　風烈廻り与力・青柳剣一郎⑯
立て籠《こ》もった男を袈裟懸《けさが》けに斬り捨てた謎の旗本。一躍有名になったその男の正体を、剣一郎が暴く！

小杉健治
仇返《あだがえ》し　風烈廻り与力・青柳剣一郎⑰
付け火の真相を追う剣一郎と、二年ぶりに江戸に帰還する伜《せがれ》・剣之助。それぞれに迫る危機！　最高潮の第十七弾。

小杉健治
春嵐《しゅんらん》（上）　風烈廻り与力・青柳剣一郎⑱
不可解な無礼討ち事件をきっかけに連鎖する事件。剣一郎は、与力の矜持《きょうじ》と正義を賭け、黒幕の正体を炙《あぶ》り出す！

小杉健治
春嵐（下）　風烈廻り与力・青柳剣一郎⑲
事件は福井藩の陰謀を孕《はら》み、南町奉行所をも揺るがす一大事に！　巨悪に立ち向かう剣一郎の裁きやいかに？

小杉健治
夏炎《かえん》　風烈廻り与力・青柳剣一郎⑳
残暑の中、市中で起こった大火。その影には弱き者たちを陥《おとし》れんとする悪人の思惑が…。剣一郎、執念の探索行！

門田泰明
討ちて候（上）　ぜえろく武士道覚書
幕府激震の大江戸――孤高の剣が、舞う、踊る、唸る！　武士道『真理』を描く決定版ここに。